PROFIL BAC

Collection créée par Georges Décote

Les Mains libres

(1937)

Paul Éluard
Man Ray

Michel Vincent
agrégé de l'Université
docteur ès lettres

Hatier

Sommaire

Fiche Profil 5
Paul Éluard, repères biographiques 7
Man Ray, repères biographiques 11

PREMIÈRE PARTIE 13

Présentation et repères pour la lecture

DEUXIÈME PARTIE 51

Problématiques essentielles

1 Éluard et le surréalisme 52
De la révolte à la révolution 52
Caractéristiques du surréalisme 54
Les envoûtements du langage 56

2 Comment le langage « illustre » des dessins 58
Des poèmes en correspondance avec les dessins 58
Des poèmes dérivant des dessins 60
Des poèmes concurrents des dessins 62

3 La structure du recueil : organisation et sens 65
Caractéristiques de la première partie 65
Caractéristiques de la seconde partie 67
Une organisation savante 68

4 De la légende des dessins aux titres des poèmes 70
Des légendes qui servent de titres 70
Des titres aux multiples fonctions 72

© HATIER, Paris, 2013 ISSN 0750-2516 978-2-218-96909-6

5 Un nouvel art poétique 74
Une libération de la forme 74
Une poésie de l'immédiateté 75
Un lyrisme de la vitalité 77

6 Comment le langage poétique modifie notre manière de voir 78
Utiliser autrement le langage 78
Une manière particulière d'être au monde 80
Rendre visible l'invisible 82

7 L'image de la femme 85
L'image d'une femme libérée 85
L'image d'une médiatrice 86
L'image d'une salvatrice 87

8 Dire le désir amoureux 89
Les éléments, images du désir 89
Une synesthésie érotique 90
La violence du désir 91

9 La représentation de la nature 94
Une représentation particulière de la nature 94
La représentation d'un état d'âme 95
La représentation d'un état mental 96

10 Maisons et châteaux : l'architecture en question 98
Des lieux anxiogènes 98
Des lieux allégoriques 99
Des lieux oniriques 100

11 La « crise de l'objet » 102
Transformer tout objet en œuvre d'art 102
Transformer tout objet en révélateur de notre « moi » 103
Des matérialisations oniriques 105

12 Poésie et politique 107
La revendication d'une liberté absolue 107
La dénonciation de la société capitaliste 108
Les armes du combat politique 109

13 La figure du poète 112
Le chantre de la passion amoureuse 112
Un homme pleinement homme 113
Un magicien du langage 114

14 La symbolique des mains 116
Une métaphore artistique 116
Une métaphore des rapports humains 117
Une métaphore philosophique 118

15 Le traitement du temps 120
Une indifférence aux marques temporelles 120
Un réservoir d'images 121
L'instant contre la durée 122

16 Les jeux du réel et de l'imaginaire 124
Les fausses apparences du réel 124
Les prestiges de l'imaginaire 126

17 Les animaux : de l'image visuelle à l'image poétique . 128
Du dessin au poème : la représentation animale 128
Voir et lire : une même symbolique animale 129

18 Les obstacles à la communication 132
Les obstacles matériels 132
Les obstacles psychologiques 133
Les obstacles comportementaux et rationnels 134

19 De la vue à la voix : vers un nouveau lyrisme 136
Un lyrisme traditionnel en demi-teinte 136
Un lyrisme de la voix 137

20 Une poésie pour vivre 141
Un journal intime 141
Un « art d'aimer » 142
Un manifeste poétique 143

Les indications de pages et les citations renvoient à : Paul Éluard, Man Ray, *Les Mains libres*, © Éditions Gallimard, 1947, coll. « Poésie/Gallimard ».

FICHE PROFIL

Les Mains libres (1937)

Paul Éluard (1895-1952) / Man Ray (1890-1976)

Poésie / Dessins — XXe siècle

PRÉSENTATION

Précédée d'un frontispice et d'une préface, la première partie des *Mains libres* compte trente dessins accompagnés d'autant de poèmes. La seconde partie comporte vingt-quatre dessins et poèmes. Viennent ensuite un hommage au marquis de Sade (1740-1814), comprenant deux portraits imaginaires de ce dernier, brièvement commentés par Éluard, et une dernière rubrique qui transforme le recueil en album ou en galerie d'art, d'exposition : il s'agit de dix dessins de Man Ray, dont six portraits, sans commentaire ni poème d'Éluard.

L'originalité première du recueil tient à ce que ce sont les mots qui *illustrent* les dessins, autrement dit l'image, et non l'inverse comme cela se passe traditionnellement.

Dessins et poèmes participent de la même inspiration : celle du surréalisme qui, dans l'entre-deux-guerres, bouleverse toutes les conceptions de l'art.

Comme le suggère son titre, le recueil est un hymne à la liberté, au dépassement de tous les obstacles, au dépassement de la raison, de la sèche et étroite logique. L'exploration de l'inconscient, la réhabilitation de l'imagination, la réintégration du possible dans le réel, la quête permanente de l'insolite et de l'inattendu constituent autant de chemins menant à une liberté pleine et entière.

De cette conquête, la femme est l'actrice par excellence. Parce qu'elle suscite les rêves et le désir, elle réconcilie avec la vie dans ce qu'elle a de fondamental, de premier. Par là même, elle réconcilie l'homme avec lui-même et avec le monde. De là vient l'importance accordée au corps, à l'érotisme que pas plus Éluard que les surréalistes n'ont jamais confondu avec la pornographie ou le libertinage. L'érotisme est à la fois une manifestation de l'élan vital et une arme contre tous les conservatismes et préjugés moraux. *Les Mains libres* sont une éthique de la passion amoureuse. C'est une manière de vivre et d'être au monde.

Un langage nouveau, débarrassé de ses impuretés et de son prosaïsme, exprime cette manière de vivre. Éluard brise codes et conventions linguistiques pour créer des images nouvelles, qui modifient notre perception du monde.

Les Mains libres sont enfin et en même temps un manifeste de la révolte contre l'ordre établi. Si Éluard prône la liberté absolue de la passion, il appelle aussi à un renversement de l'ordre social et bourgeois établi. Qu'il s'agisse d'art ou de politique, la révolution à ses yeux ne se partage pas. Les deux vont du même pas.

CLÉS POUR LA LECTURE

1. Le langage illustre l'image

Les dessins de Man Ray suscitent la poésie d'Éluard qui, selon les cas, les décrit, les transpose, les adapte, les recrée.

2. La femme, muse et salvatrice

Sans les fantasmes et les rêves que la femme inspire, il n'y a pas de poésie possible, ni même d'existence. Elle devient un mythe créateur et fondateur.

3. Dire le désir amoureux

L'érotisme libère et réenchante le monde.

4. Une poésie de la voyance

Voir n'est pas simplement regarder. C'est dépasser les apparences, saisir les virtualités, explorer les implicites ou le non-dit.

5. Contemplation et réinterprétation de la nature

Un paysage, un fruit, une fleur n'existent que dans le regard de qui les observe.

Paul Éluard, repères biographiques

De son vrai nom Eugène Émile Paul Grindel, Paul Éluard naît le 14 décembre 1895 à Saint-Denis (alors dans le département de la Seine). Son père est comptable puis agent immobilier, sa mère est couturière.

LA MALADIE, L'AMOUR, LA GUERRE (1912-1918)

Une santé fragile l'oblige à interrompre ses études, après le brevet en fin de classe de troisième. Tuberculeux, il séjourne de décembre 1912 à février 1914 au sanatorium de Clavadel, en Suisse. Mobilisé malgré tout au début de la Première Guerre mondiale, il est versé dans le service auxiliaire des armées : à ce titre, il aide et assiste les blessés, dont les souffrances et le nombre grandissant le bouleverseront à jamais. Il devient résolument pacifiste.

En 1916, il polycopie une plaquette de ses vers, intitulée *Le Devoir et l'Inquiétude,* qu'il signe pour la première fois du pseudonyme de Paul Éluard (nom de famille de sa grand-mère maternelle). En 1917, il épouse une jeune Russe, rencontrée trois ans plus tôt à Clavadel, Helena Dmitrievna Diakonova prénommée Gala. En 1918 naît leur fille Cécile. En juillet, il publie *Poèmes pour la paix*, son véritable premier recueil poétique.

L'ADHÉSION AU SURRÉALISME ET AU COMMUNISME (1918-1939)

Au sortir de la guerre, Paul Éluard fréquente les milieux surréalistes. Sous l'impulsion et la ferme direction d'André Breton (1896-1966), leur chef de file, les surréalistes entendent libérer l'art – le roman comme la poésie, la peinture comme le cinéma – des contraintes de la logique, de la raison et de la morale. Il s'agit pour eux d'explorer l'inconscient et les rêves par le dynamitage du langage et des formes (→ PROBLÉMATIQUE 5). Éluard participe dès lors à leurs nombreuses et diverses activités (articles, manifestations, spectacles et soirées...).

Si esthétiquement les surréalistes entendent libérer l'art, ils veulent politiquement changer la société et la vie. Pour eux, l'un ne va pas sans l'autre. Comme la plupart d'entre eux, Éluard adhère donc au Parti communiste, dont il deviendra, au cours des années, un militant de plus en plus actif.

LE TEMPS DES CRISES ET DES INQUIÉTUDES (1924-1939)

Durant cette même période, Éluard traverse plusieurs crises. Crise morale : en 1924, il songe à tout abandonner, publie *Mourir de ne pas mourir* et s'embarque pour un tour du monde, qu'il n'effectuera pas en entier, mais dont il reviendra encore plus désenchanté. Crise sentimentale : il divorce en 1930 de Gala, qui le quitte pour le peintre espagnol Salvador Dalí (1904-1989)[1]. Quelques mois plus tard, il se remarie avec Nusch (de son vrai nom Maria Benz). Crise intellectuelle et politique : en 1938, il rompt avec André Breton et les surréalistes, trop partisans à ses yeux d'une indépendance de l'art à l'égard de la politique. Comme

1. Personnage provocateur et extravagant, Salvador Dalí crée un univers pictural fantastique et à forte connotation sexuelle.

Aragon[1], Éluard se plie à la discipline du Parti communiste qui ne conçoit pas que l'art puisse s'émanciper de l'activité révolutionnaire. Enfin sa santé se détériore, l'obligeant à de nouveaux séjours en sanatorium, d'abord en 1928 puis en 1935.

LE TEMPS DES CHEFS-D'ŒUVRE (1920-1939)

Ces années n'en sont pas moins poétiquement très fécondes. En 1926 paraît *Capitale de la douleur*, qui tient tout à la fois du journal sentimental, d'une méditation sur la condition humaine et d'une recherche sur le langage. *L'Amour, la poésie* (1929) comme *La Vie immédiate* (1932) ou *Les Yeux fertiles* (publiés en 1936 avec des illustrations de Picasso) célèbrent la passion amoureuse, ses joies, la puissance d'inspiration qu'elle constitue mais aussi les douleurs et les déchirements qu'elle provoque. Chaque recueil d'Éluard est ainsi un hymne à l'amour, à la femme, indissolublement muse et tourment. En 1937 paraissent *Les Mains libres*, recueil de poèmes *illustrant* les dessins de Man Ray (1890-1976), qu'Éluard connaît depuis 1925. *Donner à voir* (1939) réunit des poèmes antérieurement publiés dans diverses revues, des études sur Picasso[2], Ernst[3] et Dalì, ainsi que sur Baudelaire qu'Éluard admirait beaucoup.

---

1. Louis Aragon (1897-1982), romancier et poète, participe au mouvement surréaliste et sera quasiment jusqu'à sa mort une des figures phares du Parti communiste français.
2. Ami d'Éluard, Pablo Picasso (1881-1973) est l'un des premiers à rompre avec la figuration traditionnelle, avec la représentation réaliste de la forme humaine.
3. Ami de longue date du poète, Max Ernst recourt à diverses techniques (collage, photographie, « frottage » à la mine de plomb) pour créer un monde visionnaire et fantastique.

LA RÉSISTANCE AU FASCISME (1939-1945)

Dès l'accession d'Hitler au pouvoir en 1933, Éluard signe diverses pétitions et « appels » alertant contre la montée et les dangers du nazisme. La guerre ne fait que renforcer ses convictions. Aussi entre-t-il en résistance dès que la France, vaincue, est occupée. Il crée pour la zone Nord (occupée dès juin 1940) le Comité national des écrivains regroupant écrivains et intellectuels qui refusent la domination nazie. Il participe au comité de lecture des toutes jeunes Éditions de Minuit, dont la première publication clandestine sera, en 1942, *Le Silence de la mer*, de Roger Vercors.

Son recueil *Poésie et vérité* (1942) contient son célèbre poème « Liberté » qui sera recopié, polycopié, imprimé dans presque tout le monde libre et dont plusieurs milliers d'exemplaires seront parachutés sur la France par la RAF, l'aviation anglaise. *L'Honneur des poètes (I)* qui paraît clandestinement le 14 juillet 1943 et *Au rendez-vous allemand* (1944) participent du même combat.

LES DERNIÈRES ANNÉES (1945-1952)

Sur le plan politique, Éluard continue de soutenir après-guerre l'idéologie communiste, prononce plusieurs conférences en Europe et dans le monde sur les rapports de la poésie, de la politique et de la vérité. Alors qu'il séjourne en Suisse pour raison de santé, il apprend le décès à Paris de Nusch, le 28 novembre 1946. C'est le désespoir absolu, qui le conduit au bord de la folie.

Entre deux participations aux sessions du Congrès mondial de la paix, Éluard poursuit son œuvre poétique avec *Poésie ininterrompue* (1946-1951), *Le Dur désir de durer* (1946) et *Corps mémorable* (1948). En 1951, il épouse en troisièmes noces Dominique Lemor, rencontrée deux ans plus tôt.

Son nouveau bonheur est de courte durée. Une crise cardiaque le terrasse le 18 novembre 1952.

Man Ray, repères biographiques

De son vrai nom Emmanuel Rudzistky, Man Ray fut tour à tour (et parfois simultanément) peintre, dessinateur, cinéaste et photographe. Il naît en 1890 à Philadelphie, aux États-Unis.

UN PEINTRE MODERNISTE (1912-1921)

Après avoir étudié l'architecture et le dessin, Man Ray décide de se consacrer à la peinture. Renonçant aux techniques traditionnelles, il se tourne très vite vers des pratiques d'avant-garde. Il recourt au collage (avec son tableau *Revolving Doors*, 1917), technique qui consiste à « coller » des éléments divers sur une toile. Il pratique aussi la peinture au pistolet en utilisant des objets usuels comme pochoirs (*Aérographes*, 1917). L'essor de la photographie le convainc toutefois que celle-ci est la forme d'expression moderne par excellence.

UN PHOTOGRAPHE À MONTPARNASSE (1921-1940)

En 1921, Man Ray s'installe à Paris dans le quartier bohème de Montparnasse. Présenté aux surréalistes par son ami peintre Marcel Duchamp, il se lie d'amitié avec Breton, Éluard, Aragon. C'est ainsi qu'en 1925 il participe à la première exposition surréaliste à Paris, où il expose ses toiles et objets insolites aux côtés de Jean Arp, Max Ernst, Picasso et Miró.

Surtout, pendant plus de vingt ans, Man Ray va bouleverser l'art de la photographie. Sa maîtrise technique du noir et blanc fait de lui un portraitiste recherché. Les plus grands artistes du temps posent devant son objectif : Tristan Tzara, Jean Cocteau, André Breton, la chanteuse Kiki de Montparnasse (qui devient sa compagne), Salvador Dalí... Grâce à l'amitié du grand couturier et décorateur Paul Poiret, il devient un photographe de mode réputé. Ses nus suscitent autant le scandale que l'admiration.

Il innove enfin avec ses « Rayographes », comme on les appelle : il s'agit d'une image photographique obtenue sans appareil photo, en plaçant un objet sur une surface photosensible et en l'exposant directement à la lumière.

UN DESSINATEUR ET UN CINÉASTE (1923-1952)

Pour se distraire de la photographie et de la peinture qu'il continue tout de même de pratiquer (*Le Rébus*, 1938 ; *Le Beau temps*, 1939 ; *Rue Férou,* 1952), Man Ray dessine. Il séjourne à plusieurs reprises avec Éluard sur la Côte d'Azur : c'est ainsi que naît sa collaboration artistique avec le poète.

Il réalise également plusieurs films dont *Le Retour à la raison* (1923), *Emak-Bakia* (1926), *Les Mystères du château de Dé* (1929) ou encore *Essai de simulation de délire cinématographique* (1935), tous d'inspiration surréaliste, mêlant mystère, incohérence et provocation.

ENTRE LA FRANCE ET L'AMÉRIQUE (1940-1976)

Son amitié avec Éluard se rompt peu de temps après la publication des *Mains libres.* En 1940, après la défaite de la France, Man Ray s'embarque pour les États-Unis en compagnie de Salvador Dalí, de Gala et du cinéaste René Clair. Il y rencontre Juliet, sa dernière compagne. Tous deux reviennent en France en 1951 et s'installent de nouveau dans le quartier de Montparnasse. Man Ray y décède le 18 novembre 1976.

PREMIÈRE PARTIE

Présentation et repères pour la lecture

LE FRONTISPICE

On appelle ainsi tout dessin (ou toute gravure) placé face à la page de titre. Le dessin représente un pont brisé et sur sa droite une vieille tour et un escalier. Tous deux sont inutiles, la tour protégeant une ruine et l'escalier ne menant nulle part. Une femme nue, alanguie, s'étend démesurément sur le pont. Sa chevelure plonge dans l'eau où se reflète son visage. Provoquant le désir et suscitant le rêve, elle érotise le réel. Ce frontispice annonce de la sorte un art poétique et un art de vivre : la femme est ce qui confère au monde sa valeur et son intérêt, elle sera au centre du recueil.

LE TITRE ET LE SOUS-TITRE

Le titre se justifie par le fait que le recueil est une composition à quatre mains: celles de Man Ray et d'Éluard, chacun d'eux dessinant et écrivant « librement » selon leur inspiration, et de leur côté.

Le sous-titre indique un changement radical de perspective. D'ordinaire, ce sont en effet les peintres qui *illustrent* un texte. L'écrit précède et suggère l'image. Ici, c'est l'inverse : l'image préexiste au texte et le suscite. Dialogue entre deux formes d'expression artistique, le recueil possède donc un fort enjeu esthétique : comment *illustrer* une image par le langage ?

LA PRÉFACE

En cinq brefs paragraphes, elle présente et justifie la collaboration des deux hommes. À l'origine est l'acte créateur, « le papier, nuit blanche ». Le stéréotype de la « nuit blanche » (ne pas dormir) se revivifie dans un déplacement métaphorique. La page « blanche » devient nocturne parce qu'elle recueille les rêves tant du dessinateur que du poète. La qualité d'une œuvre ne tient pas par ailleurs à sa « perfection » technique (à sa beauté), mais à la violence du « désir » dont elle naît et qu'elle engendre. Le

« besoin » peut en effet s'assouvir, jamais le « désir ». C'est donc le « désir » qui est primordial, vital, créateur. Il est « une bouche autour de laquelle la terre tourne ». « Être aimé » est la motivation première. La poésie surréaliste réside d'abord dans une manière de vivre.

PREMIÈRE PARTIE

pages 12-13

« Fil et aiguille »

LE DESSIN

Passant par le chas d'une « aiguille », un « fil » dessine une silhouette féminine. Cette silhouette est creuse, laissant transparaître un paysage inhabité qu'elle domine de toute sa hauteur.

LE POÈME

Le titre en est commandé par le dessin. Le quatrain[1] évoque des échecs sentimentaux « sans fin » et la solitude affective qui en découle. De là, un champ lexical de la mort (« sans corps », « mortes », « endeuillent »). La « vue » en est obscurcie, alors même que la silhouette est transparente. Le paradoxe n'est qu'apparent. Sans passion partagée, la vie n'est que mort intime.

pages 14-15

« La toile blanche »

LE DESSIN

Un entonnoir, un gant et une toile, pliée presque à angle droit et dans les plis de laquelle on discerne un visage.

1. *Quatrain* : strophe de quatre vers.

LE POÈME

Cet étrange assemblage s'apparente à une nature morte[1]. La « toile blanche » figure la page vierge ; l'entonnoir, la folie ; et le gant, image de la main coupée, l'absence de communication avec autrui. Le poème dit ainsi les angoisses de l'artiste, sa hantise de l'impuissance créatrice et de la solitude affective, toutes deux synonymes de mort.

pages 16-17

« L'évidence »

LE DESSIN

Le visage de la jeune femme est en partie masqué par des mains qui se tendent vers lui ainsi que par une nature mouvante (feuillage, pluie...).

LE POÈME

Le titre peut s'interpréter de deux façons. Il est d'abord en contradiction avec le dessin. Est en effet « évident » ce qui est montré, exposé. Or le visage de la jeune femme est partiellement caché. Éluard opère en outre une transposition du plan matériel au plan moral. L'« évidence » est que cette femme – la femme – est attirance, séduction et suggestion, imagination et fantasme. Les quatrains sont ainsi construits sur une opposition entre « L'homme » et « Toi ». La femme n'est jamais mieux elle-même, ne se tient jamais mieux en « équilibre » que lorsqu'elle est source et objet de désir.

1. *Nature morte* : tableau représentant des objets ou des êtres inanimés (végétaux, fruits, animaux morts, sablier, crâne...).

« Château abandonné »

LE DESSIN

Dressant fièrement son donjon, le château semble moins en ruine que déserté. Aucune trace de vie en effet : pas de soldats ni de seigneurs ou de dames sur les remparts ; les fenêtres du premier niveau paraissent brisées. En contrebas, l'ondulation du terrain figure un corps gisant sur le côté.

LE POÈME

Le titre explicite l'implicite du dessin. Pour quelles raisons toutefois ce château est-il « abandonné » ? Éluard en livre une interprétation particulière et personnelle. Avec le départ de « la langue » a disparu toute présence, que seuls les mots pouvaient faire exister. Avec celui des « fenêtres » ont disparu tout partage avec autrui, toute ouverture sur le monde. Ne restent donc plus que la « mort », le « silence » et « l'obscurité ». Les deux distiques[1] disent la stérilité du poète qui, privé des mots et des autres, gît à terre comme le corps du dessin.

pages 20-21

« Le désir »

LE DESSIN

Une main d'homme empoigne sans délicatesse la chevelure d'une femme, au buste élégamment vêtu.

LE POÈME

Le titre est suggéré par cette main d'homme qui attrape sans ménagement la femme par les cheveux. La fougue du « désir » s'exprime par l'assimilation de l'homme à un « fauve ». Cherchant son « bonheur en sang », celui-ci se veut carnassier. Mais sa

1. *Distique* : groupe de deux vers renfermant un énoncé complet.

« jeunesse » l'oblige à se contenter de « lait ». Ainsi Éluard atténue-t-il, avec peut-être un peu d'humour, la violence du dessin.

pages 22-23

« C'est elle »

LE DESSIN

Une femme aveugle (?) palpe un buste à tête d'homme, mais à poitrine féminine et monté sur une roue. Le dessin est équivoque et se prête à diverses interprétations. S'agit-il du désir incestueux d'une mère pour son fils, la femme étant plus âgée que le jeune homme ? Est-ce l'expression d'une frustration, la femme ne caressant que le buste d'une statue ? Ou celle d'une bisexualité, le jeune homme étant hermaphrodite[1] ? Quelle que soit l'interprétation retenue, le dessin exprime l'impossible assouvissement du désir.

LE POÈME

Le titre reprend la légende[2] du dessin. L'anaphore[3] « C'est elle » concrétise l'universalité du désir. « Elle » est partout : dans une « maison », dans la « rue », « parmi [l]es sauvages »... Mais « elle » n'est jamais nommée. Et n'étant pas nommée, « elle » est à la fois une femme et toutes les femmes. Sans nom, elle est ici et là, mais toujours inaccessible. Le distique final accumule en effet les obstacles (un « mur », « un ravin ») à sa rencontre et à l'assouvissement du désir.

pages 24-25

« La glace cassée »

LE DESSIN

Dans un miroir brisé se réfléchit l'image d'un corps disloqué : ici des jambes, là un dos, ailleurs des bras. Le résultat en est étrange. Tout est réel puisque ces parties du corps existent bel

1. *Hermaphrodite* : être doté de caractères des deux sexes.
2. *Légende* : texte accompagnant un dessin, une image.
3. *Anaphore* : répétition d'un même mot en tête de plusieurs phrases ou de plusieurs vers.

et bien et en même temps tout est insolite et irréel, puisque cette dislocation procure une vision inhabituelle du corps. Le miroir fait entrevoir autre chose que ce qu'il reflète. Il modifie la perception et fait découvrir un monde imaginaire.

LE POÈME

Le titre explicite le dessin. Toutefois, le tercet[1] n'en commente ni n'en illustre l'image disloquée. Mais il en reprend le procédé de dislocation du réel. Un coup de vent « à la barre » renverse soudain la perspective : l'horizon devient « vertical » et l'univers chavire, versant « le ciel » dans la « main maladroite » du poète. Comme dans le dessin, l'irréel et l'insolite triomphent.

pages 26-27

« Le don »

LE DESSIN

Tête renversée, dos cambré et gorge offerte : la posture érotique est évidente. La femme se « donne » et s'offre au plaisir.

LE POÈME

Le titre est suggéré par le dessin. La femme est érigée en centre de la « pensée » et du rêve, en source de plénitude (« plein soleil », « chaleur brillante »). Le tercet accentue même l'érotisme du dessin puisqu'il mentionne des « mains tendues » qui ne figurent pas dans le dessin. La métaphore du « sang [qui] fait la roue », sur laquelle est construite le distique, suggère l'irradiante vitalité du désir, tournant tel un feu d'artifice.

1. *Tercet* : strophe de trois vers.

« Objets »

LE DESSIN

Il rassemble des « objets » très divers. Un gigantesque talon de chaussure de femme en constitue l'essentiel. Une silhouette féminine en robe longue se distingue en surimpression. En bas, à gauche, une statuette africaine dotée d'un long phallus, et un combiné téléphonique dont le fil ne se raccorde à rien. À droite, l'escalier ne mène nulle part. En haut, sur le sommet du talon, deux ou trois objets cylindriques difficilement identifiables. Plus haut encore, des nuages et le donjon d'un château.

LE POÈME

Le quatrain[1] proclame la liberté créatrice de l'artiste. Les objets ont en effet perdu leur utilité pratique et leur justification fonctionnelle. Le poète peut donc les « assembler » comme bon lui semble, sans se préoccuper de rationalité et de logique. Il entre dès lors dans le « bois diamant » de l'imaginaire, le diamant symbolisant par sa pureté l'acte créateur par excellence. Même la nature (« Le ciel ») approuve par son « aveu » cette réorganisation, cette réinvention du monde. Le poème n'illustre donc pas ce que le dessin représente matériellement, mais la démarche artistique qui en est à l'origine.

Pages 30-31

« La lecture »

LE DESSIN

Une jeune femme lit un journal (ou un magazine) qu'elle tient à hauteur de son visage, qui s'en trouve en partie caché.

1. *Quatrain* : strophe de quatre vers.

LE POÈME

Le dessin appelle évidemment le titre du poème. Éluard ne s'attarde toutefois pas sur ce que lit réellement la jeune femme (assimilée à « La pudeur »), mais sur sa rêverie. Elle rêve d'évasion loin d'un réel sinistre (« maisons noires »), elle rêve d'un azur innocent (« ciel sans nuages »). N'a-t-elle « pas le temps » de lire ? C'est l'infini du « ciel » et la lumière du « soleil » qu'elle découvre. La « lecture », c'est celle du grand livre du monde.

pages 32-33

« L'aventure »

LE DESSIN

Le fronton d'un temple grec est en suspens, prêt sans doute à s'effondrer. La jeune femme a en effet renoncé à sa fonction de cariatide[1] qui assurait jusque-là la solidité et l'équilibre de l'édifice. Elle s'en va, un bras replié devant ses yeux, éblouie par le soleil ou effrayée par son audace.

LE POÈME

Il saisit « l'instant », bref mais décisif, où se joue une nouvelle vie. Les « digues » de la morale et des convenances cèdent. Les habitudes monotones et répétitives (« les processions du temps ») s'effacent. Les déterminismes de la « naissance » disparaissent devant une « aurore prometteuse ». C'est l'acceptation de l'« aventure » : le risque d'un nouvel amour. La mise en garde initiale fonctionne donc à l'inverse de ce qu'elle semble dire : elle n'a pas pour but d'empêcher ou d'interdire mais au contraire d'encourager et de séduire. C'est une invitation à la découverte de soi (« Connais »), à l'assouvissement du désir, du « feu qui [...] brûle », enfin à l'épanouissement lumineux.

1. *Cariatide* : statue de femme soutenant une corniche sur sa tête. Les plus célèbres sont celles de l'Érechtéion, sur l'Acropole d'Athènes.

« L'angoisse et l'inquiétude »

LE DESSIN

Une longue tige de fougère est plantée dans un pot. Une autre tige, plus petite, est brisée. Deux mains coupées, l'une masculine, l'autre féminine ornée de deux bracelets, s'intercalent entre elles.

LE POÈME

Le distique[1] se compose d'une suite de verbes à l'infinitif : quatre dans chacun des deux vers. Ces verbes s'opposent terme à terme. En agriculture, « purifier », c'est éclaircir, rendre moins dense, c'est le contraire de « semer ». « Raréfier » s'oppose à « multiplier », et « stériliser » à « alimenter ». Mais si contraires que soient ces actions, elles débouchent sur le même résultat : « détruire », le verbe terminant chacun des deux vers. D'où « l'angoisse et l'inquiétude ». Que faire en effet ? Que doivent faire ces deux mains, à la fois unies et séparées. Comment maintenir durablement la passion ?

« Narcisse »

LE DESSIN

Une jeune femme nue, sans tête, tient dans sa main droite son propre visage.

LE POÈME

Le titre surprend de prime abord. D'après la mythologie grecque, Narcisse est un jeune homme, fort beau mais totalement indifférent à l'amour que les femmes peuvent lui porter. Pour le punir de son insensibilité, Némésis, la déesse de la vengeance, le fait s'éprendre de sa propre image. Admirant un jour le reflet de son visage dans l'eau d'une fontaine, il meurt de désespoir de ne

1. *Distique* : groupe de deux vers renfermant un énoncé complet.

pouvoir la saisir. Mais selon une autre version de la légende, cette image de son visage lui rappelait celui de sa sœur jumelle dont la mort prématurée l'avait profondément affecté.

Éluard fusionne donc ici les deux versions de la légende. De la première, il retient l'amour de soi, inutile et mortel. De la seconde, il tire l'assimilation de la femme dessinée par Man Ray à la sœur de Narcisse. Dans les deux cas, il s'agit d'une dénonciation des fausses passions ou des séductions trompeuses. Il convient enfin de noter que les trois vers sont des trimètres, c'est-à-dire qu'ils proviennent d'un alexandrin[1] sectionné en 4 + 4 + 4.

pages 38-39

« Les tours du silence »

LE DESSIN

Un château fort entouré d'imposants remparts et de sombres tours. Une impression de puissance et de sécurité s'en dégage. L'impression est pourtant fausse. Couleur muraille, des « ombres » se confondent avec les pierres et semblent s'évader.

LE POÈME

Son titre est significatif. Les « tours » sont celles du « silence » : du langage mort ou disparu. Privés de langage, les habitants sont privés de tout : d'identité (ce ne sont que des « Ils » sans nom), d'« ombre » et de « corps ». « Ils battent les pierres », comme, selon l'expression usuelle, on se cogne la tête de désespoir contre les murs. C'est qu'avec la venue du « soleil », « Ils » sont voués à disparaître. Comme dans « Château abandonné » (p. 18), la clôture est étouffement et l'absence du langage synonyme de mort.

1. *Alexandrin* : vers de douze syllabes.

« J. »

LE DESSIN

Une jeune femme aux grands yeux enjôleurs, aux lèvres soulignées, avec vue plongeante sur son large décolleté. Sur le côté gauche, légèrement en arrière-plan, un réveil indique l'heure et la date.

LE POÈME

Le distique est bâti sur un double oxymore[1]. Car d'ordinaire on « forge » des « métaux » et non, comme ici, son « travail » ; en outre, par définition, les « métaux » ne sont pas « indolents ». C'est que le poète évoque une séductrice professionnelle, une prostituée : par là s'explique l'oxymore. Les « métaux indolents » sont ses charmes ; elle se « forge » donc son « travail ». Quant au réveil, il suggère la journée de ce même « travail ».

« Les mains libres »

LE DESSIN

Un écheveau, un embrouillamini de lignes tracées selon le hasard ou le caprice du moment, sans signification précise.

LE POÈME

Le titre renvoie bien évidemment à celui du recueil, mais sur le mode purement humoristique. Puisque les « mains libres » de Man Ray ont tracé n'importe quoi, celles d'Éluard en font de même avec les mots dont elles associent les contraires. Les fils pouvant suggérer des traînées de pluie, la brève « averse » devient « feu de paille », que la « chaleur » va « étouffer ». L'eau brûle et la chaleur refroidit !

---

1. *Oxymore* : figure de style unissant deux termes en principe contradictoires (par exemple : une « obscure clarté »).

« L'arbre-rose »

LE DESSIN

Au pied d'une rose devenue arbre, un couple nu observe depuis le rivage deux bateaux se diriger vers eux : à gauche, une jonque[1] ; à droite, un cargo. S'agit-il d'une image modernisée du paradis ? Si tel est le cas, force est de constater que ce paradis est menacé. Nouvel Adam, l'homme tient une lance pour repousser d'éventuels intrus. L'« arbre-rose », quant à lui, possède une redoutable épine.

LE POÈME

Le titre est un néologisme[2]. Il est suggéré par le dessin lui-même. Éluard choisit d'en ignorer les menaces pour célébrer la générosité de la terre. La comparaison « comme un ventre » établit un lien entre le végétal et l'humain. À la fertilité de la nature répond celle de la femme, que la « rosée » humidifie et féconde.

Pages 46-47

« Les sens »

LE DESSIN

Un visage féminin, légèrement renversé en arrière, bouche entrouverte, tendu sous le désir et la possession. En bas, à gauche, la main se crispe et devient griffe. En haut, à l'arrière-plan, un objet malaisément identifiable. Est-ce un vase ? Sur sa paroi, on distingue la forme d'un corps.

LE POÈME

Suggéré par le dessin, mais non mentionné dans celui-ci, le titre indique clairement qu'il s'agit d'un poème érotique. Éluard néglige l'objet et la main pour ne retenir que l'extase du visage,

1. *Jonque* : voilier d'Extrême-Orient construit pour l'essentiel avec des lattes en bambou.
2. *Néologisme* : mot nouveau. Si le rosier ou l'églantier existent bel et bien, « l'arbre-rose », lui, n'existe pas. Les surréalistes adoraient fabriquer ce genre de néologisme.

au moment de l'abandon au plaisir. Le quatrain décrit la violence de ce plaisir. Le quintil[1] évoque la métamorphose du visage. La « bouche » le modifie : les lèvres (« le rubis », parce que ce diamant est rouge) s'entrouvrent et les paupières (« La turquoise », bleue comme certains fards à paupières) se ferment.

pages 48-49

« Solitaire »

LE DESSIN

Deux mains verticales entrelacent une ficelle entre leurs doigts.

LE POÈME

Le titre en est suggéré par le dessin. Le « solitaire » est en effet un jeu pratiqué seul (d'où son nom) et consistant à imaginer différentes combinaisons de fils. Mais Éluard opère une transposition du domaine ludique au domaine sentimental. Il oublie les mains et la ficelle. Il ne s'intéresse qu'à la solitude. « J'aurais pu vivre sans toi » : l'hypothèse lui est aussi insupportable qu'inimaginable. Ce ne peut pas être lui « [q]ui parle » ! Aussi refuse-t-il d'entendre cette voix, car ce serait entrer dans la nuit, se confondre avec elle et mourir. Ce poème du « Solitaire » est en définitive un poème d'amour fou.

pages 50-51

« Burlesque »

LE DESSIN

Longs cheveux masquant une grande partie de son visage, buste dénudé, une jeune femme tente de s'extraire du bloc de glace qui lui sert de jupe et lui donne l'air d'une nymphe. Dans une direction opposée, une main d'homme tient une bille entre le pouce et l'index.

1. *Quintil* : strophe de cinq vers.

LE POÈME

Par l'impératif qu'il comporte (« donne-moi »), le distique se présente comme une prière adressée à une « fille de glace ». Prière absurde… Comment une insensible donnerait-elle confiance à un homme ? C'est cette absurdité qui paraît « burlesque[1] » aux yeux du poète.

pages 52-53

« La femme et son poisson »

LE DESSIN

Une femme nue et un poisson, de taille à peu près identique, sont parallèlement juxtaposés.

LE POÈME

Le titre est aussi clair que mystérieux. Il est clair parce qu'il est conforme au dessin. Il est mystérieux par la présence de l'adjectif possessif « son » : que signifie ce rapport de possession ? Le distique se compose de deux alexandrins aux hémistiches[2] bien marqués (6 + 6). Grammaticalement ce sont des phrases nominales, sans verbe.

Plusieurs interprétations sont possibles, qui peuvent d'ailleurs se superposer. « [V]ierge », la femme n'est pas encore vraiment elle-même : elle est mi-chair mi-poisson[3]. Il peut s'agir également d'un jeu sonore (en *-on* et en *-ou)*, d'une correspondance entre les sens (la vue, l'ouïe et le toucher). Enfin, le second vers s'inscrit en opposition avec le premier : il oppose le désir à la chasteté.

1. Est en effet « burlesque » tout contraste entre le fond et la forme : soit un fond sérieux et une forme comique ; soit une forme sérieuse et un fond comique.
2. *Hémistiche* : moitié d'un alexandrin.
3. L'expression « mi-chair mi-poisson » désigne dans le langage courant un être mal défini.

« Main et fruits »

LE DESSIN

Il s'agit de nouveau d'une « nature morte[1] » : quatre fruits, dont deux poires et deux coings, sont posés sur une assiette (ou un plat). Une main les caresse délicatement.

LE POÈME

C'est l'un des plus longs poèmes du recueil. Le titre est en conformité avec le dessin. Le dizain[2] évoque des sensations d'enfance procurées par la dégustation de ces fruits. Le quatrain dépeint une nature douce et enivrante. Le tercet introduit pourtant une déception : cueilli sur l'arbre, le coing n'est pas mangeable ; pour le devenir, il doit subir une « mue », c'est-à-dire devenir de la gelée. Le distique final sauve toutefois les apparences : « Sortir fier d'un palais penaud[3] » pour avoir rêvé de « manger l'immangeable » ! Le poème est un souvenir d'enfant qu'avec le recul le poète, devenu adulte, évoque avec nostalgie et amusement.

« Le mannequin »

LE DESSIN

Une jeune femme gracieuse et élégante prend la pose, avant-bras levés contre sa poitrine et mains suspendues comme tenant un objet invisible ou comme esquissant un petit pont. Sur son buste s'assemblent ou s'ajustent les éléments, semble-t-il, d'un corsage.

1. *Nature morte :* tableau représentant des objets ou des êtres inanimés (végétaux, fruits, animaux morts, sablier, crâne...).
2. *Dizain* : strophe de dix vers.
3. *Penaud* : honteux, confus.

LE POÈME

Le titre provient du dessin, sans que celui-ci ne le mentionne pour autant expressément. Le mot « mannequin » possède plusieurs sens : une armature servant de modèle pour la confection et les essayages ; une statue ; une poupée ; un top-modèle, vedette internationale d'un grand couturier.

Éluard joue sur ces différents sens. Sa mère ayant été couturière, le mannequin lui rappelle son « enfance ». Mais le mannequin est aussi la femme admirée dans les magazines. De là ce « Premier amour de l'écolier » encore chaste et qui, plus tard, s'embrasera de désir. C'est de cette façon que le mannequin opère la « suppression des distances ».

pages 58-59

« Les yeux stériles[1] »

LE DESSIN

Une femme nue repose nonchalamment, la main gauche sur l'épaule et la main droite sur son ventre, les yeux clos. Non loin d'elle, en bas, à droite, une grosse paire de lunettes.

LE POÈME

Ces lunettes matérialisent les « yeux ». Ceux-ci sont « stériles », parce qu'ils ne regardent qu'une nudité. Ce sont ceux d'un voyeur, qui ne sait que regarder. Le quatrain, lui, relève de la voyance. Voir, vraiment voir, c'est en effet imaginer ce que le réel contient de promesses, de virtualités. Et ce nu, c'est celui d'une « candide », d'une ingénue, d'un « bourgeon » qui va s'épanouir en « flamme » amoureuse.

1. *Stériles* : improductifs.

« Le tournant »

LE DESSIN

Le « tournant », masquant toute visibilité, d'une route de corniche surplombant la mer (ou, éventuellement, un lac). Une main s'agrippe à la paroi de la montagne. Cette paroi possède la forme d'un visage. Une double impression s'en dégage : celle du danger, d'un risque mortel de chute ; et celle d'une contestation ou d'un refus des normes et habitudes, la position de la main indiquant que son propriétaire marche à gauche.

LE POÈME

C'est ce qui permet à Éluard d'interpréter ce dessin comme une allégorie[1]. Le « tournant » n'est plus pour lui routier, mais moral et politique. C'est une rupture avec les conventions sociales, une transgression de l'ordre établi. La force du texte tient à sa concision et au contraste né du couple « J'espère »/ « interdit ».

« Nu »

LE DESSIN

Ce « nu » féminin est particulier, très différent, par exemple, de celui représenté dans « La femme et son poisson » (p. 52). Les attributs sexuels en sont en effet masqués ou effacés : des « ailes » figurent et cachent les seins ; et le pubis, sans poils, est suggéré par un simple trait.

LE POÈME

Éluard tutoie et apostrophe sur le ton de la menace (« Prends garde ») un inconnu, qui se révèle vite un conservateur, un représentant de la morale et de la classe bourgeoises. Celles-ci ont pendant

1. *Allégorie* : figure de style personnifiant ou matérialisant une idée ou une abstraction (par exemple représenter la mort sous l'aspect d'une faucheuse).

longtemps interdit de parler – sinon de manière voilée – du désir sexuel, et à plus forte raison de le représenter, que ce soit en peinture ou dans la statuaire[1]. C'est en ce sens que le dessin est une « statue ridicule », qu'il convient de « briser » au plus tôt. Car, pour Éluard, ce tabou bourgeois sur la sexualité relève de l'hypocrisie, de la répression et de l'asservissement. Le poème annonce donc la fin d'une époque : un « On », tout à la fois surréaliste et révolutionnaire[2], va la balayer. Il s'inscrit dans la lignée du poème précédent.

pages 64-65

« La mort inutile »

LE DESSIN

Une femme nue se tient à demi relevée, une jambe repliée à terre, l'autre longuement étirée. Elle s'appuie sur son bras gauche, sa main droite soutenant son cou. Son ombre se détache en arrière-plan. À terre, en bas à droite, deux objets : une lettre encore cachetée et, semble-t-il, un coupe-papier.

LE POÈME

A priori surprenant, le titre naît de l'assimilation de la posture de la jeune femme à celle d'une gisante[3]. L'ombre projetée symbolise l'entrée progressive dans le néant. La lettre peut être une lettre de rupture. Variante du poignard, le coupe-papier assure alors la transition entre la mort affective et la mort réelle. Le tercet apostrophe cette « mort » (« Mauvaise, tu ne m'as donné ») qui prive l'être, non seulement de sa propre vie, mais de toute communication avec celle des autres. Ce cri, « la mort » ne l'attendait pas. C'est en ce sens qu'elle « ressemble de moins en moins/ À [ses] victimes », qu'elle devient donc « inutile ».

1. *Statuaire* : art de la statue, notamment dans sa représentation du corps humain.
2. Sur cet aspect doublement révolutionnaire, littéraire et politique, du surréalisme, → PROBLÉMATIQUE 1.
3. *Gisant* : statue représentant un mort. Comme son nom l'indique, le gisant est souvent étendu, mais ce n'est pas systématique : il peut aussi être à genoux.

pages 66-67

« Pouvoir »

LE DESSIN

Une main masculine « empoigne » une femme nue « par le milieu du corps ».

LE POÈME

Le quatrain décrit précisément le dessin : il évoque la violence et la force du désir. « Pouvoir » est ici synonyme de brutalité et de domination : il réduit la femme à « l'impuissance ».

Mais le mot prend un autre sens dans le tercet. Le « pouvoir » devient celui de « la main » qui écrit, ou qui dessine : c'est l'acte créateur qui *peut* tout, qui *peut* imaginer ce qui lui plaît et ainsi réduire (« Couvre ») « les distances » entre le réel et le rêve.

pages 68-69

« Belle main »

LE DESSIN

Une femme nue s'étire et passe par-dessus sa tête sa « belle main » aux longs doigts minces et délicats.

LE POÈME

C'est le poème du souvenir, du premier amour vécu dans la plénitude et l'innocence : « On s'est promis des paradis et des tempêtes ». Le temps a détruit ce rêve éveillé. Un autre amour lui a succédé, sans pour autant jamais effacer la nostalgie de cette première splendeur. C'est pourquoi ce souvenir est « intolérable » : « Il [...] masque l'azur [...] comme un tombeau ». Il étend son ombre sur tout autre amour, quelles que soient par ailleurs sa sincérité et sa profondeur. Il ne reste au poète que les « mots » pour retrouver l'harmonie et la pureté de « l'azur ».

« La liberté »

LE DESSIN

Brandissant la hampe d'un drapeau qu'on ne peut toutefois identifier, une jeune femme nue s'élance, aérienne. S'échappe-t-elle vers un avenir meilleur ? Ou mène-t-elle l'assaut contre la forteresse (en bas, à droite), symbole chez Éluard de la prison et de l'asservissement ? Quelle que soit l'interprétation retenue, il s'agit bien d'une allégorie de la liberté triomphante.

LE POÈME

Grammaticalement composé de phrases nominales, ce tercet est un hymne. Le premier vers associe les contraires pour mieux suggérer l'envol, comparable par exemple à celui d'une danseuse : « ô vertige et tranquilles pieds nus ». Les deux autres vers reposent sur une comparaison, qui définit la liberté comme un idéal à la fois « simple » (comme la femme dans son plus « simple » appareil) et sublimement merveilleux. La répétition de la consonne liquide *-l* en est comme le motif sonore, musical.

DEUXIÈME PARTIE

pages 74-75

« Le temps qu'il faisait le 14 mars »

LE DESSIN

Yeux clos, une femme rêve, ses mains soutenant sa tête légèrement renversée, comme pour mieux s'offrir à la « lumière » du « printemps ». En arrière-plan se dresse une sorte de dolmen.

LE POÈME

Son titre reprend la légende du dessin. Le « 14 mars » précède d'une semaine l'arrivée officielle du printemps. Mais, en avance sur le calendrier, le temps et la nature sont déjà printaniers. Éluard inverse le procédé cher aux romantiques qui voyaient dans un paysage un état d'âme. Ici, au contraire, le paysage (le dolmen) et le visage rêveur deviennent paysage. La fraîcheur de la terre se confond avec la « jeunesse ». C'est le tableau tout en « couleurs » d'une espérance amoureuse, le dolmen pouvant s'interpréter comme un symbole phallique.

Pages 76-77

« Le sablier compte-fils »

LE DESSIN

Allongée sur le côté, une femme nue est retenue par la taille à des fils eux-mêmes reliés à un « compte-fils ».

LE POÈME

Son titre est par excellence un titre surréaliste, parce qu'il détourne des objets de leurs fonctions pratiques pour en donner une image nouvelle et insolite. Servant à mesurer l'écoulement du temps, le « sablier » existe bien. Le « compte-fils » existe également : c'est une loupe particulière qui permet de compter les fils de la trame d'une étoffe[1].

Mais « le sablier compte-fils », lui, n'existe pas. C'est une création imaginaire à partir de deux objets réels. Cet étrange appareil achève de détisser le vêtement d'une femme, « rose » et « cœur dans un champ », tandis que la « lumière » se réfracte sur le verre de la loupe.

1. Il faut se souvenir que la mère du poète était couturière et qu'il a donc dû souvent voir un « compte-fils ». L'objet sert aussi en imprimerie pour apprécier la qualité (le grain) d'une image.

« Plante-aux-oiseaux »

LE DESSIN

Une plante à longue tige autour de laquelle des oiseaux s'accrochent comme si elle les produisait au lieu de donner des fleurs. De part et d'autre du pied de la tige, des feuilles. En arrière-plan, sur un fond de collines, une seconde « plante-aux-oiseaux » au pied de laquelle se tient un homme, un bâton de marche à la main.

LE POÈME

Le dessin suggère le titre, qui est un néologisme[1]. L'appellation possède toutefois une certaine cohérence. S'il n'existe pas en effet de « plante-aux-oiseaux », il existe en revanche des plantes *pour* les oiseaux[2] et il existe même une plante qui porte le joli nom d'« oiseau de paradis[3] ». Le poète s'adresse d'abord à la plante : il la tutoie, il l'admire (« Le vent ne te fait pas peur ») pour sa souplesse et son adaptation. Sa « première plume » (= feuille) engendre une métaphore qui court dans tout le second quatrain : la plante devient oiseau (« voix », « siffler », cueillir », « graine »).

« Rêve »

LE DESSIN

Légendé « rêve du 21 nov[embre] 1936 », ce dessin représente un cauchemar. Telle une bombe, une locomotive, tombée d'on ne sait où, s'apprête à s'écraser sur des immeubles.

---

1. *Néologisme* : mot nouveau.
2. C'est-à-dire des plantes que mangent les oiseaux (mouron, chicorée, pissenlit...).
3. La plante est ainsi appelée parce que ses fleurs ont une forme étrange rappelant une huppe d'oiseau.

LE POÈME

Éluard illustre ce dessin cauchemardesque par l'évocation de l'un de ses propres cauchemars. Il s'agit en réalité d'un « rêve » éveillé (« Je rentre/ Je me déshabille »). « Ponts tordus », « tour Eiffel » (alors antenne de Radio Paris) « penchée », « signaux crevés » : plus aucune communication n'est possible. Toute forme de langage a disparu (« Plus un livre »). C'est la solitude absolue, la hantise du poète. Par l'ensemble de ses notations concrètes, qu'il est facile de visualiser, le poème devient à son tour tableau.

Pages 82-83

« Histoire de la science »

LE DESSIN

Une femme nue est debout sur une roue (de charrette, semble-t-il), bras levés au-dessus de sa tête et tenant entre ses mains une boule de « feu » (le soleil ?).

LE POÈME

Le titre reprend la légende du dessin. Il n'en surprend pas moins. En quoi, en effet, le dessin et le poème évoquent-ils une « histoire de la science » ?

Le poème réinterprète le mythe de Prométhée. Selon les légendes grecques, ce géant déroba le feu aux dieux pour le donner aux hommes, qu'il avait créés à partir de la « terre » et de « l'eau ». Prométhée passait aussi pour celui qui leur avait enseigné les fondements de la civilisation (les mathématiques, la médecine, l'architecture...). Puni par Zeus, il fut enchaîné au sommet du Caucase et condamné à avoir le foie dévoré par un aigle. Le « feu » est donc sa gloire et la cause de son châtiment. Les hommes sont ses « enfants » et la cause de son sacrifice.

Mais le « feu » est aussi l'image traditionnelle du désir amoureux. D'où la substitution d'une femme nue, source du désir, à Prométhée. Éluard fond en une seule réalité deux éléments culturels.

« La plage »

LE DESSIN

Quelques estivants ou promeneurs sur une « plage » et au loin, une femme immense, allongée et nue (une île ?).

LE POÈME

Les deux premiers vers du quatrain célèbrent l'innocence des corps (« nudité tendre ») au sein d'une nature apaisée. L'imparfait « devaient » laisse toutefois planer une menace. Celle-ci se concrétise dans les deux derniers vers. Oubliant « qu'ils s'étaient promis de ne rien voir qu'eux-mêmes », « [t]ous » regardent l'île-femme, symbole d'infini et de plénitude.

« Avignon »

LE DESSIN

Yeux clos, le visage d'une jeune femme s'élève au-dessus des toits de la ville.

LES POÈMES

Seul, le premier « Avignon » correspond au dessin et en est l'explication. Mais celle-ci n'est pas aisée. L'absence que suggère le dessin est-elle un simple rendez-vous manqué ? Ou le « calendrier » étant « aboli », le temps n'existant plus, s'agit-il d'un décès ? La pudeur du distique ferait pencher en faveur de cette dernière hypothèse.

Le second « Avignon » est d'une tonalité exactement opposée. Il est un hommage au poète René Char (1907-1988), né et habitant à L'Isle-sur-la Sorgue (dans le Vaucluse), un temps lui-même surréaliste[1] et ami très proche d'Éluard.

---

1. En effet, René Char prendra progressivement ses distances avec les surréalistes. Il venait de publier *Le Marteau sans maître* (1934).

« Paranoïa »

LE DESSIN

Une femme au visage radieux semble s'échapper de sa robe, tout son corps n'étant que sa jambe tandis que son pied, tel celui d'une danseuse, fait une pointe sur un globe (terrestre ?).

LE POÈME

La « paranoïa » était assimilée avant-guerre à un délire interprétatif[1]. Tout le poème relève de ce délire. Le premier tercet est une hallucination auditive. Le second tercet, qui donne la parole aux poissons, est une hallucination visuelle : vues de la mer, les rives, battues par les vagues, paraissent à la fois « fermes » et en « mouvement ». Le distique final revivifie l'expression usuelle de « marcher sur des œufs » (pour dire « marcher lentement, avec prudence ») en l'appliquant au débit du fleuve, qui va « comme un œuf ». Ultime délire : les poissons se prennent pour des oiseaux (des poissons volants).

Le poème fait ainsi regarder le dessin de Man Ray d'une autre façon : c'est la femme qui semble être ce poisson-oiseau, sa robe devenant ses ailes et sa jambe le corps du poisson.

Pages 90-91

« L'espion »

LE DESSIN

Une jarre-jardinière, un pin méditerranéen et un plantoir[2], qu'une main anonyme saisit sous le regard d'un observateur caché derrière des persiennes closes.

1. Aujourd'hui, la paranoïa est interprétée différemment : elle désigne des troubles caractériels (orgueil démesuré, susceptibilité excessive, méfiance...) qui engendrent des réactions d'agressivité.
2. *Plantoir* : petit piquet à pointe métallique servant à pratiquer des trous dans la terre pour y mettre des plants ou des graines.

LE POÈME

La présence de cet observateur dissimulé explique le titre du poème. Ses « yeux » ne sont « fermés » que par les persiennes. L'« univers de bronze » sédimente, comme souvent chez Éluard, deux références : le métal, auquel fait songer le plantoir, et le hâle provoqué par le soleil. Quant à la « menace », elle réside moins dans le geste de la main anonyme que dans le regard trop curieux, trop insistant (« L'épaisseur de la vue »).

Pages 92-93

« L'attente »

LE DESSIN

Une araignée a tissé sa toile entre deux mains écartées.

LE POÈME

Éluard interprète le dessin comme une allégorie. La toile d'araignée figure le temps qui passe, et un temps qui passe vainement. Les « mains » n'enserrent que du vide. D'où le thème de l'attente, attente qui n'est pas satisfaite (« Je n'ai jamais tenu »).

Pages 94-95

« Des nuages dans les mains »

LE DESSIN

Paumes tournées vers le ciel, deux mains semblent soutenir des nuages.

LE POÈME

Il est tout entier une référence implicite à Baudelaire[1] (1821-1887), dont Éluard était un admirateur fervent. Le « désespoir confus » renvoie au spleen baudelairien, dégoût physique et moral de vivre. Chez l'auteur des *Fleurs du mal* (1857), rien ne

1. Dans les *Petits Poèmes en prose* (1857), le poème « L'Étranger » chante les « merveilleux nuages qui passent là-bas ».

saurait le combattre, pas même les voyages (« l'orient »). Dans le dernier vers, Éluard propose pourtant un « remède » : être en « accord » avec le monde, généreux envers les autres et faire « confiance » à la vie.

Pages 96-97

« Le château d'If »

LE DESSIN

En habit de soirée, un homme ajuste son nœud papillon au pied d'un sévère château fort, dont il est peut-être propriétaire.

LE POÈME

Il réinterprète le dessin. Le château d'If[1] existe : bâti sur un îlot face à Marseille, il a longtemps servi de prison. Éluard le délocalise en quelque sorte : en effet il n'est plus question d'îlot, encore moins de Méditerranée. Mais il en conserve le symbole carcéral. Ce château est solitude, vieillissement, enfermement. Rien n'y vit plus. Le propriétaire incarne la classe possédante, bourgeoise, appelée à disparaître.

pages 98-99

« Oui ou non »

LE DESSIN

Une fléchette faisant songer à une fusée coupe en diagonale une peau d'agrume en forme de volute nuageuse.

LE POÈME

Le titre est moins une question qu'une alternative. Le poète monologue (« Dessine », « Regarde ») et formule son art poétique. Il s'encourage dans le premier quatrain à explorer des « routes

1. Le château d'If a été rendu célèbre par Alexandre Dumas (1802-1870) dans son roman *Le Comte de Monte-Cristo* : le héros y était emprisonné.

nouvelles », la fléchette-fusée devenant l'image de cette exploration. « [D]roit », « sincère », le « trait » désigne à la fois la flèche, la ligne et ce que trace un crayon.

Les « sœurs » auxquelles fait allusion le quintil[1] sont, chez les surréalistes, les femmes aimées. Elles sont prêtes à suivre l'artiste en « rébellion », à découvrir les « bijoux » de la transgression que celui-ci leur révélera et offrira. Le risque reste d'écouter « [l]es grandes orgues de la raison », fade et conservatrice. Ce « oui ou non » est autant un manifeste artistique qu'un choix de vie.

pages 100-101

« La Marseillaise »

LE DESSIN

L'avant d'un voilier, semble-t-il, est amarré dans un port. Telle une figure de proue qui s'anime, une femme nue en descend, sous le regard indifférent de quatre matelots dans une barque.

LE POÈME

Le titre s'explique vraisemblablement par le lieu (le Vieux-Port de Marseille) où Man Ray a réalisé son dessin[2]. En architecture, la « clé de voûte » est ce qui permet à la voûte de se maintenir. Par extension, l'expression désigne ce qui est le plus important. Ici, c'est le silence quasi religieux qui accompagne la révélation progressive de la nudité de la femme. Même s'il s'agit d'une « [p]aïenne », son besoin de « tendresse » est en effet infini. La rusticité des hommes qu'elle cherche ne saura le satisfaire. Ce poème est celui d'une espérance si grande qu'elle ne peut qu'être déçue.

1. *Quintil* : strophe de cinq vers.
2. Man Ray et le couple Éluard séjournent en effet sur la Côte d'Azur durant l'été 1936. Ce dessin est en outre contemporain du « Château d'If » (p. 96).

« L'apparition »

LE DESSIN

Une silhouette hermaphrodite[1], souffrante, gît à terre, les bras soutenant son buste à demi relevé.

LE POÈME

Le titre reprend la légende du dessin. « L'apparition » est celle d'une vision plus ou moins fantomatique après une chute et une perte de conscience. Plus de « maison », plus de « cri » : toute communication est abolie. Il devient impossible dans ces conditions de retrouver le bonheur (le « soleil »). Le poète ignore en effet s'il aime ou s'il est aimé. Cette incertitude et l'absence de réciprocité qu'elle implique le condamnent à tomber.

pages 104-105

« La peur »

LE DESSIN

Une femme nue s'aplatit du mieux qu'elle peut pour échapper à la main qui au-dessus d'elle tente de l'attraper.

LE POÈME

Le titre reprend la légende du dessin. S'agit-il toutefois de la même « peur » ? Le premier tercet évoque un chasseur, un « animal » prédateur qui, comme dans « Le désir » (p. 21), est déjà assoiffé de sang : « La proie s'affole ». Les deuxième et troisième tercets décrivent la posture et ses réactions. Le distique final opère un retournement de situation complet et inattendu. La « peur » n'est pas celle de la prise ou de la mise à mort, mais celle de l'ennui ! La « proie » joue avec son chasseur.

1. *Hermaphrodite* : être doté de caractères des deux sexes.

pages 106-107

« Feu d'artifice »

LE DESSIN

Sur la berge d'un fleuve (vraisemblablement la Seine), une plante à longue tige s'épanouit en un vaste bouquet floral.

LE POÈME

En art floral, un bouquet est une gerbe. En pyrotechnie, c'est la gerbe de fusées spectaculaires à la fin d'un feu d'artifice (le « bouquet final »). D'où le titre. Éluard voit dans la plante une métaphore du « feu d'artifice » du 14 juillet. Le distique est, quant à lui, une prise de position philosophique. La « nue » désigne en principe le ciel, mais cette « nue » est particulière : elle est « ici »-bas. Il n'y a donc pas d'au-delà. Les « ombres » naissent tout à la fois des jeux de lumière et du souvenir que l'on conserve des morts.

pages 108-109

« Brosse à cheveux »

LE DESSIN

Une femme se peigne, mais... c'est avec un pinceau de colleur d'affiches publicitaires.

LE POÈME

Le titre est humoristique. Puisque la femme se peigne, elle ne peut le faire qu'avec une « brosse à cheveux ». C'est logique, mais cette logique est absurde puisque, dans le dessin, la « brosse » est un gros pinceau. Celui-ci fait ressouvenir à Éluard le texte d'une affiche sans doute entrevue à la vitrine d'une boutique de coiffure (« teintures idéales »). Il s'en moque. En art comme en soins corporels, les surréalistes « se méfient » des artifices et des maquillages.

pages 110-111

« Les tours d'Éliane »

LE DESSIN

Une géante dénudée s'échappe par le haut d'un château fort dont elle semble tenir les « tours » entre ses jambes, sans se soucier du soldat qui monte la garde.

LE POÈME

Comme toujours chez Éluard, le château fort n'inspire aucune idée de refuge ou de protection, mais un désir de fuite et d'évasion. Cette évasion, « espoir insensé », passe par le sexe de la femme.

pages 112-113

« Au bal Tabarin »

LE DESSIN

Il s'apparente au croquis d'une affiche schématisant des silhouettes de danseurs, d'acrobates et de chanteuses.

LE POÈME

Le Tabarin[1] était à l'époque le nom d'une salle de spectacle. Créée à Paris en 1904, elle comprenait une piste de danse et une scène de music-hall. D'où le titre. Si son titre se réfère à une réalité, le poème, lui, célèbre les beautés et la magie de l'illusion théâtrale. Le temps et l'espace se condensent ou se dilatent pour échapper aux lois ordinaires (v. 1-4). L'extraordinaire et le fantastique se déploient (v. 5-7). La danseuse, celle que tutoie le poète, fait rêver (v. 8-11). Tout n'est pourtant que jeu et apparence : habillée différemment, elle ne susciterait sans doute plus l'enchantement (v. 12-16).

1. Surnommé « le prince des bouffons », Tabarin est le nom d'un acteur comique du XVIIe siècle spécialisé dans les farces, mort vers 1633.

pages 114-115

« Femme portative »

LE DESSIN

Une vraie silhouette de femme, mais en réalité une fausse femme, appuie sa main droite sur une pile d'assiettes dont elle est tout entière constituée. Quant à sa main gauche, elle tient un fil relié à une bobine. C'est à la fois un mannequin de porcelaine et une marionnette.

LE POÈME

Le titre renvoie à la panoplie des objets destinés à procurer un plaisir sexuel et solitaire. La « femme portative » n'est qu'une poupée gonflable. Éluard dénonce ce mensonge et cette caricature du désir amoureux (« terrestre dérision »). Non que les fantasmes le choquent (v. 9-10), mais si le plaisir n'est pas sincère, réel et partagé, le poète s'avoue « perdu ».

pages 116-117

« La couture »

LE DESSIN

De grands ciseaux de couture tiennent entre leurs branches la taille d'une jeune femme sur laquelle ils semblent ajuster une longue jupe.

LE POÈME

Le titre rend compte du dessin, mais fort peu du poème lui-même, qui évoque en effet un défilé de haute couture. Au féerique défilé des mannequins, « Collection des bonheurs des goûts et des couleurs », s'opposent les rangées (« exposition ») des spectateurs riches, stupides et conservateurs. Le contraste est violent. Le poème se transforme ainsi en une virulente satire sociale.

« Où se fabriquent les crayons »

LE DESSIN

Un village au bord d'un lac de montagne. Un crayon bien taillé tient lieu de clocher d'église. Un long serpent, dont la queue s'agite au loin derrière la montagne, traverse le lac.

LE POÈME

La présence dans le titre du mot « crayons » s'explique par le dessin. Mais le dessin n'explique pas la mention du lieu de leur fabrication. Sans doute Éluard se souvient-il que la célèbre marque de crayons Caran d'Ache[1] était (et est encore) suisse. Il connaissait en outre la Suisse pour y avoir effectué plusieurs séjours en sanatorium. Mais on peut également voir dans ces crayons une allusion à ceux dont se sert Man Ray pour dessiner.

Le poème, quant à lui, ignore l'élément le plus inquiétant du paysage que constitue le serpent. C'est un poème de l'apaisement et de l'endormissement. « La dernière hirondelle » disparaît en virevoltant (d'où l'image de la « corbeille ») dans les derniers rayons du soleil couchant, « Cet œil déserté ». Le soir est personnalisé : à la place des humains, il donne à manger aux animaux leur ultime ration avant la nuit. Tout s'endort paisiblement, la pensée comme le langage. À sa façon, Éluard devient bucolique.

pages 120-121

« Les amis »

LE DESSIN

Il réunit des objets disparates, a priori sans lien entre eux. Du haut vers le bas : un robinet qui coule ; un oreiller blanc ;

1. Fondée en 1924 par Arnold Schweitzer, la société Caran d'Ache fabrique crayons et fournitures pour œuvres d'art. Le nom de Caran d'Ache est celui d'un dessinateur humoriste, auteur de BD, qui vécut de 1858 à 1909. Son vrai nom était Emmanuel Poiré (« caran d'ache » signifiant en russe « crayon »).

un fond noir pouvant évoquer une couverture de lit ; une tasse, remplie, de petit-déjeuner et un pot à sucre. Sur le côté droit : une gueule de félin et un écureuil. Sur le côté gauche : un marteau et une pince à linge. Traversant le dessin en diagonale, une branche (un bâton ?) autour de laquelle s'enroule une corde (une liane ? un sarment de vigne ?).

LE POÈME

Son titre surprend : quel rapport en effet entre le dessin et des « amis » ? Sa forme étonne tout autant : c'est pour la première (et dernière) fois un poème en prose à structure narrative. Après une longue conversation, des « amis[1] » se séparent et regagnent chacun leur chambre (que figurent l'oreiller et le robinet du cabinet de toilette). Ils ne se retrouveront que pour le petit-déjeuner du lendemain. Le salon reste donc vide, habité toutefois par un « peuple dénaturé » que constituent les objets privés désormais de toute utilité. La description va du végétal à l'animal et aux objets. « Les amis » dorment, sans possibilité de communiquer (d'où les « murs immondes »).

pages 124-127

Sade

Le recueil se poursuit par un hommage appuyé au marquis de Sade (1740-1814), dont la vie a été une succession de scandales, de débauches et consécutivement d'emprisonnements. C'est d'ailleurs durant les vingt-sept ans qu'il passa en prison qu'il écrivit l'essentiel de son œuvre : *Les Infortunes de la vertu* (1787), *Justine ou les Malheurs de la vertus* (1791), ou encore *La Philosophie dans le boudoir* (1795). Ses romans accumulent les provocations, les perversions sexuelles et toutes les formes de

1. À plusieurs reprises, le poète séjourne sur la Côte d'Azur en compagnie de Man Ray et de sa compagne, de Picasso et de sa femme Dora Maar, de Roland Penrose et de Lee Miller dans des villas que des proches lui prêtent.

cruautés[1]. Aussi le marquis de Sade a-t-il longtemps été maudit pour immoralisme et son œuvre ignorée (ou ne faisant l'objet que de publications discrètes).

SADE, ÉLUARD ET LES SURRÉALISTES

En Sade, les surréalistes ont très tôt vu un précurseur. Ils ont salué celui qui osa braver l'ordre moral et politique de son temps, celui qui appelait à une révolution des mœurs, qui donnait libre cours à l'imaginaire, fût-il cruel.

Dans une conférence prononcée à Londres en 1936 sur la « poésie surréaliste » et reprise pour l'essentiel dans *L'Évidence poétique* (parue en 1937, la même année que *Les Mains libres*), Éluard disait : « Rien n'a succombé de ce que [Sade, Baudelaire, Nerval] ont fait. Ce principe du mal qu'ils représentaient contre le bien bourgeois, le bien-assurance-sur-la-propriété, est assuré de vaincre. » Militant de la révolution prolétarienne, Éluard salue en Sade un ancêtre révolutionnaire.

pages 129-144

L'album des dessins

Les deux dessins de Man Ray sculptent dans la pierre le visage de Sade, visage imaginaire puisque, comme le précise Éluard, il n'existe aucun portrait de Sade. Ces deux visages sculptés sont imposants, signes de l'importance littéraire et politique de l'homme. En arrière-plan se trouve la Bastille où Sade fut emprisonné.

Une évolution se constate toutefois d'un dessin à l'autre. Dans le premier, tout est encore calme ; dans le second, le peuple s'est révolté et prend la Bastille en flammes. Cette prise signe pour Éluard « la disparition d'un monde où la bêtise et la lâcheté entraînent toutes les misères » (p. 126).

1. Ce qu'on appelle le sadisme consiste en une perversion sexuelle dans laquelle une personne (homme ou femme) n'éprouve de satisfaction qu'en faisant souffrir physiquement ou moralement son partenaire. Par extension, le sadisme désigne toute jouissance à voir ou à faire souffrir autrui.

« Portraits »

Cette avant-dernière partie du recueil comprend six portraits. Aucune notice ne les précède, aucun poème ne les « illustre ». Le poète Éluard s'efface devant le dessinateur Man Ray. *Les Mains libres* deviennent album ou galerie d'exposition.

Le premier dessin (p. 131) est un portrait d'Adrienne, compagne martiniquaise de Man Ray.

Le deuxième (p. 132) est selon la légende un « hommage à Nusch », l'épouse du poète[1]. Man Ray la représente en compagnie de Sonia Mossé. Née en 1917, Sonia était danseuse, peintre, décoratrice, familière des milieux surréalistes et une intime du couple Éluard. Une main posée sur l'épaule de Nusch, sa chevelure se confondant avec les cheveux de cette dernière, Sonia Mossé semble protéger son amie[2]. En bas du dessin, une main d'homme avec une rose rappelle la présence d'Éluard. En 1943, Sonia Mossé mourra gazée dans les camps d'extermination nazis. Ce dessin des années de paix et de bonheur n'en est que plus émouvant.

Le troisième dessin (p. 133) est un hommage « à Picasso[3] ». Un nu féminin de dos masque en partie le visage du peintre. Son identification est problématique. S'agit-il de la sculptrice Marie-Thérèse Walter avec laquelle Picasso vit alors mais dont il s'éloigne ? Ou s'agit-il de Dora Maar[4] qui, plus ou moins discrètement, est déjà la muse et la maîtresse du peintre ? Cette difficulté à trancher traduit toute l'ambiguïté de la situation sentimentale de Picasso.

1. Sur Nusch, voir p. 8.
2. Ce dessin s'inspire de près d'une photographie de Nusch et de Sonia Mossé prise par Man Ray en 1936, et qui figure dans l'*Album Éluard* (Gallimard, « Bibliothèque de la Pléiade », 1968, p. 212).
3. Sur Picasso, voir note 2, p. 9.
4. De son vrai nom Henriette Theodora Markovitch, Dora Maar (1907-1997) était photographe et peintre. Sa liaison avec Picasso dura de 1937 à 1943.

Suivent trois portraits : celui d'André Breton[1] (p. 134) avec pour légende une citation de Victor Hugo : « La misère rend les faibles infâmes, les forts sublimes[2] » ; celui d'Éluard (p. 135) ; et, pour finir, un autoportrait de Man Ray (p. 136) se représentant malicieusement avec de grosses lunettes (qu'il portait effectivement) en forme de fenêtres.

pages 137-143

« Détail »

Dans le vocabulaire de la peinture ou du dessin, un détail désigne les petits accidents ou imperfections de la peau ou des éléments d'un décor (draperie, broderie...) ou d'un paysage (feuille d'arbre, rocher...).

Le premier détail (p. 139) agrandit l'arcade sourcilière et l'œil du second dessin de Sade (p. 127). Le deuxième (p. 140) reprend de profil le nez et la bouche du visage de Breton (p. 134). Le troisième (p. 141) agrandit le visage et le buste de la femme *illustrée* par le poème « Burlesque » (p. 51). Quant au dernier détail (p. 143), il concerne le crayon clocher, *illustré* par le poème « Où se fabriquent les crayons » (p. 118).

C'est donc sur l'œuvre seule de Man Ray que s'achèvent *Les Mains libres*.

1. Sur Breton ⇝ PROBLÉMATIQUE 1.

2. La citation exacte est la suivante. Parlant de la misère de Marius dans *Les Misérables* (1862), Hugo s'exclame : « Admirable et terrible épreuve dont les faibles sortent infâmes, dont les forts sortent sublimes ! » (III, livre 5).

DEUXIÈME PARTIE

Problématiques essentielles

1 Éluard et le surréalisme

La poésie d'Éluard est inséparable du surréalisme. Dès la naissance du mouvement dans les années 1920, il en est membre. Selon la formule d'André Breton, il fait même « acte de surréalisme absolu ». C'est qu'Éluard en partage la révolte fondatrice, contribue (avec d'autres) à en définir les principales caractéristiques, dont celles, naturellement, du langage et de ses envoûtements.

DE LA RÉVOLTE À LA RÉVOLUTION

Le surréalisme naît d'une contestation politique, se développe en explorant l'inconscient pour finalement vouloir « changer le monde ».

La contestation Dada

Les tueries de la Première Guerre mondiale horrifient Tristan Tzara (1896-1963), un jeune Roumain établi en Suisse, qui en tire une conclusion radicale. Puisque la civilisation européenne n'a pu empêcher l'hécatombe, aucune de ses valeurs n'est à respecter ni même à conserver. Morale, famille, religion, systèmes éthiques et politiques : tout est à renverser. Pour cette entreprise de démolition, la dérision et la provocation lui semblent les armes les plus efficaces. Le *Manifeste Dada* (nom volontairement choisi pour son absurdité cocasse) qu'il publie en 1918, expose son programme. Le mouvement « Dada » (ou « dadaïsme ») est lancé. Il va très vite acquérir une notoriété sulfureuse.

Avec André Breton, Louis Aragon et Philippe Soupault, Éluard accueille Tristan Tzara à Paris en avril 1919. De concerts de casseroles en spectacles provocants et expositions iconoclastes, les scandales succèdent aux bouffonneries. Du dadaïsme, Éluard et ses amis retiendront le goût de la transgression, la soif de liberté et de nouveauté.

Inconscient et écriture automatique

Le dadaïsme rencontre et renforce les recherches que les surréalistes mènent parallèlement sur les rêves et l'inconscient. Pour soigner les soldats atteints de névroses profondes (déséquilibres affectifs et émotionnels), certains médecins recourent aux méthodes préconisées par le psychiatre autrichien Sigmund Freud (1856-1939), alors à peine connu en France. Il s'agit, pour les en délivrer, de mettre au jour leurs angoisses et traumatismes par une exploration de leur inconscient.

Affecté durant la guerre dans un hôpital militaire, Breton s'intéresse de près à ces pratiques. Cela l'amène à étudier « le fonctionnement réel de la pensée », quand les impératifs logiques et moraux ne l'entravent pas. Ce sera l'analyse des rêves et des états seconds (entre sommeil et veille), puis le recours à l'écriture automatique, consignation par écrit des pensées telles qu'elles se présentent. De cette écriture, Breton et Soupault rassembleront les textes les plus étonnants dans *Les Champs magnétiques* (1920).

« Changer le monde »

Tout en continuant à le considérer comme leur « père », les surréalistes s'éloignent progressivement de Tristan Tzara. Son nihilisme leur paraît stérile et à courte vue. En effet, une fois l'ordre social renversé, par quoi le remplacer ? L'exploration de l'inconscient montrant que le désir est la grande loi universelle, comment le libérer des conservatismes qui depuis des siècles le refoulent ? Rimbaud (1854-1891) se fixait pour objectif de « changer la vie ». Les surréalistes vont se fixer celui de « changer le monde ». Or un nouveau parti politique viennent de naître : le Parti communiste français (PCF), qui prétend précisément en finir avec la domination capitaliste et instaurer une société et un homme nouveaux. Éluard y adhère en 1926, Breton et Aragon l'année suivante. C'est passer de la révolte dadaïste à la révolution, promesse de transformation et de libération (même si de rudes tensions vont naître au fil des années).

> **FOCUS**
>
> **D'OÙ VIENT LE MOT « SURRÉALISME » ?**
>
> Le mot « surréalisme » est à l'origine un néologisme forgé en 1917 par Guillaume Apollinaire (1880-1918) pour qualifier son drame *Les Mamelles de Tirésias.* Dans son esprit, le surréalisme s'oppose au réalisme et au symbolisme.
>
> Breton et ses amis lui donneront un sens plus vaste et plus profond. Mais ils admireront dans le drame d'Apollinaire sa liberté de ton, son refus de la logique, des règles et des convenances.

CARACTÉRISTIQUES DU SURRÉALISME

André Breton, chef de file du surréalisme, en a donné une définition. C'est une entreprise de connaissance qui consiste à dépasser le réel pour atteindre le « surréel ».

Définition du surréalisme

En 1924, Breton publie un *Manifeste du surréalisme*, dans lequel il définit le surréalisme de la manière suivante : « SURRÉALISME, n. m. Automatisme psychique par lequel on se propose d'exprimer soit verbalement soit par écrit soit de toute autre manière le fonctionnement réel de la pensée. Dictée de la pensée en l'absence de tout contrôle exercé par la raison, en dehors de toute préoccupation esthétique et morale. » (© Pauvert, département de la Librairie Arthème Fayard, 1962 et 1979.)

Le but fixé est clair : retrouver les sources vives de la pensée, saisir les manifestations de l'inconscient, comprendre les rêves, bref plonger dans les zones mystérieuses de l'être pour atteindre la « vraie vie », quand celle-ci n'est pas encore étouffée par la raison et la morale.

Dépasser le réel

En soi, le surréalisme n'est donc pas d'abord une doctrine littéraire. C'est bien plutôt une attitude devant le monde qui peut concerner toutes les disciplines artistiques. La preuve en est que les surréalistes se sont beaucoup intéressés à la peinture. En 1928, Breton publie un essai intitulé *Le Surréalisme et la Peinture.* De son côté, Éluard donne en 1937 une conférence au titre significatif : *Physique de la poésie, Picasso, Ernst, Dalì.*

C'est que, pour l'un comme pour l'autre, la peinture (et donc l'image, la photographie, le dessin) procède de la même démarche que la poésie. Il s'agit non pas de reproduire le réel ni d'en donner une copie conforme mais d'exprimer ce que ce réel suggère au peintre ou au poète, ce qu'il fait imaginer, ce à quoi il fait penser. Le réel n'est fait que pour être dépassé. Seule importe la « représentation mentale » qu'on en a.

FOCUS

LES PRINCIPAUX PEINTRES SURRÉALISTES

La première exposition surréaliste organisée à Paris en 1925 rassemble des peintres tels que Jean Arp, Giorgio De Chirico, Paul Klee, Juan Miro, Pablo Picasso (1881-1973). Cofondateur du mouvement dada et ami proche d'Éluard, Max Ernst (1891-1976) crée un univers fantastique qui dissout le réel (comme dans *L'Œil du silence*) ou invente des objets virtuels. D'origine catalane, Salvador Dalì (1904-1989) utilise la technique des analogies érotiques et privilégie le dépaysement onirique. Citons encore le belge René Magritte (1898-1967), le Français Francis Picabia (1879-1953). Tous ont radicalement changé notre façon de *voir*.

Atteindre le « surréel »

Le mot même de surréalisme implique l'existence d'un « surréel ». Mais en quoi celui-ci consiste-t-il ? Breton le précise dans ce même *Manifeste* de 1924 : « Le surréalisme repose sur la croyance à la réalité supérieure de certaines formes d'associations négligées jusqu'à lui, à la toute-puissance du rêve, au jeu désintéressé de la pensée. »

Sous peine de commettre un contresens, cette notion ne saurait toutefois se confondre avec un quelconque au-delà mystique ou religieux. Éluard comme ses amis sont des athées convaincus. Loin d'être un *au-delà*, le surréel serait plutôt un *en deçà*, existant au plus profond de l'individu. C'est la conviction qu'il existe dans les méandres de l'inconscient humain un point merveilleux, presque magique, où les contradictions cessent d'exister, où l'imaginaire ne s'oppose plus au réel, où l'irrationnel n'est plus déraisonnable, où l'action devient la sœur du rêve, où le moi intérieur se réconcilie avec le monde extérieur.

LES ENVOÛTEMENTS DU LANGAGE

Si dans son principe le surréalisme s'adresse à toutes les formes d'expression (picturale, cinématographique...), c'est tout de même celle par le langage qu'il privilégie. Celui-ci est espace de liberté, poésie de l'image et en définitif instrument de libération.

Le langage, espace de liberté

Pour les surréalistes, le langage est bien autre chose qu'un moyen de communication : il possède sa vie propre. Dès lors qu'on ne les enserre pas dans le carcan de la logique, les mots peuvent s'organiser en d'infinies combinaisons. Celles-ci créent en quelque sorte un au-delà du sens et révèlent un autre monde. La liberté est alors absolue et infinie. Les mots recèlent en outre une force émotionnelle : ils touchent, ils provoquent des associations d'idées, ils soulèvent des rêves, ils rappellent des souvenirs. Chacun de nous entretient ainsi avec les mots des affinités secrètes.

La poésie surréaliste ne tient donc pas à sa perfection formelle, au respect de quelconques règles, pas davantage à des niveaux plus ou moins élevés de langue. Elle tient à sa densité émotive, au choc qu'elle produit. Quand, par exemple, Éluard écrit : « Une bouche autour de laquelle la terre tourne » (préface des *Mains libres*, p. 9), c'est évidemment absurde sur le plan rationnel et scientifique. Mais c'est affirmer superbement la primauté du désir et de l'amour.

Le langage, poésie de l'image

Ce choc, c'est principalement à l'image qu'il revient de le produire. Il sera d'autant plus fort qu'elle rapprochera deux réalités aussi éloignées que possible l'une de l'autre et sans rapport logique entre elles. L'image est une étincelle qui rend soudain sensible et visible ce qui était jusque-là caché ou impensé. Elle débusque l'insolite, elle est vision. Elle n'est pas pour autant nécessairement hermétique (difficile à comprendre). Éluard passe au contraire pour un poète de la simplicité. Mais simplicité n'est pas banalité. Voici une passante se promenant dans une rue étroite de Paris entre deux rangées d'immeubles. Elle lève les yeux. Au-dessus d'elle le ciel « déborde » par-dessus les toits. C'est : « Le bouquet du ciel sans nuages/Dans un vase de maisons noires (« La lecture », p. 30)

L'image nous fait voir autre chose que la platitude du quotidien, elle nous fait voir autrement le monde, elle est une révélation.

Le langage, instrument de libération

Le surréalisme est en définitive une entreprise de libération de l'homme. Il privilégie la toute-puissance de l'imagination, du rêve, des fantasmes. Il s'élève contre tous les tabous, religieux, sexuels, sociaux. Comme l'écrit Éluard, il « espère ce qui [...] est interdit » (« Le tournant », p. 61). Il s'agit de rendre à l'homme ses pleins pouvoirs de création.

2 Comment le langage « illustre » des dessins

La première page du recueil mentionne : « *Dessins de* Man Ray *illustrés par les poèmes de* Paul Éluard ». La précision inverse la relation traditionnelle entre texte et image. D'ordinaire c'est en effet l'image qui illustre un texte, conformément d'ailleurs à la définition que les dictionnaires donnent du verbe *illustrer* : « Orner de figures ou d'images un ouvrage. » Cette pratique-là est courante et ancienne. Gustave Doré (1832-1883) qui fut l'un des dessinateurs et graveurs les plus célèbres du XIXe siècle, a par exemple illustré les *Fables de* La Fontaine ; et en 1922, le peintre Max Ernst illustre le recueil *Répétitions* de Paul Éluard. S'il est logique qu'une image illustre un texte, il paraît en revanche plus étrange que des mots illustrent une image.

Tout dépend en réalité du sens que l'on donne au verbe *illustrer*. Éluard illustre Man Ray dans la mesure où certains de ses poèmes sont en correspondance directe avec ses dessins ; où d'autres de ses poèmes en dérivent ; où d'autres encore viennent les concurrencer.

DES POÈMES EN CORRESPONDANCE AVEC LES DESSINS

Il y a correspondance entre les poèmes et les dessins lorsque les premiers décrivent, commentent ou transposent les seconds.

Parce qu'ils en sont le descriptif

Le premier quatrain de « Pouvoir » (p. 66) décrit la puissance et la violence de la main qui empoigne la femme par les hanches. Il en est à ce titre l'exacte transcription. Le dernier quatrain de

« L'évidence » (p. 17) évoque « les mains », « les branches », « la fumée et les ailes » présents dans le dessin. De même « La peur » (p. 104) décrit la femme apeurée, s'aplatissant sur le sol pour échapper à son ravisseur : « Chevelure pleine de terre/Menace insupportable/Tombe meurtrière ».

Ces poèmes descriptifs sont peu nombreux et ils ne le sont jamais dans leur totalité. La conclusion est toutefois claire : pour Éluard, *illustrer* n'est pas mettre un dessin en mots. Il n'est pas un romancier qui décrirait un paysage ou qui ferait le portrait d'un personnage.

Parce qu'ils en sont le commentaire

Plus souvent, pour Éluard, *illustrer*, c'est commenter. Le poème devient alors une explication et parfois une extension du dessin. Le titre « Fil et aiguille » (p. 13) découle du dessin : le fil qui passe par l'aiguille prend l'allure d'une silhouette féminine. Celle-ci est transparente, vide. C'est ce que choisit précisément Éluard de commenter : il assimile ce vide à des « passions sans corps », à des « étoiles mortes ».

« Le désir » (p. 21) explicite, quant à lui, l'implicite du dessin : il voit dans la main qui retient une jeune femme par sa chevelure un geste érotique (et non, par exemple, une agression).

« J. » (p. 41) éclaircit ce que suggère le large décolleté de la femme : c'est une séductrice professionnelle qui « se forge son travail ».

Parce qu'ils en sont la transposition

Illustrer, c'est enfin transposer, passer d'un plan à un autre, aller du concret au figuré, du matériel au moral, ou inversement. « Le tournant » (p. 61) est à cet égard exemplaire. Le dessin représente le « tournant », le virage d'une route de corniche. Le poème prend le mot « tournant » dans son sens abstrait : devenir autre, s'apprêter à changer de vie. « Rêve » (p. 80) rend compte d'un cauchemar par un autre : à la catastrophe matérielle (la chute d'une locomotive sur un immeuble) répond le cauchemar affectif de la solitude. C'est cauchemar (celui de Man Ray) contre cauchemar (celui d'Éluard).

La transposition peut dans certains cas être plus subtile. Utilisant les ressources de la poésie, elle peut se faire sonore, musicale. « La liberté » (p. 71) que représente Man Ray est élan, envol, légèreté. Le poème en rend compte par une accumulation de la consonne *-l*, dite consonne liquide, plus légère effectivement que les consonnes dentales (*-t*, *-d*, ou *-n*). Les sons miment en quelque sorte le dessin.

DES POÈMES DÉRIVANT DES DESSINS

D'autres poèmes ne cherchent pas à reproduire les dessins ou à en donner une idée : ils les interprètent, ils les adaptent par associations d'idées et parfois même les réécrivent. Ce sont des cas de figure plus complexes que les précédents.

Par interprétation

Il y a interprétation lorsque le poème impose un sens au dessin alors que celui-ci pourrait en recevoir plusieurs. Soit « L'aventure » (p. 33). Le dessin représente une cariatide cessant de soutenir le fronton d'un temple. Que signifie-t-il exactement ? En l'absence de toute légende, chacun est libre de l'interpréter à sa façon. Est-ce l'image de la fatigue, de l'usure, du temps qui passe ? Est-ce de l'humour surréaliste puisque, contre toute logique, le fronton ne s'est pas effondré ? Éluard, lui, y voit une rébellion, le départ vers une nouvelle vie. Il interprète même le dessin comme un instantané photographique : celui de l'« instant » temporellement infime où, pour encore un millième de seconde peut-être, le fronton reste en équilibre dans le vide.

De même, que signifie la femme dont le corps est entièrement composé d'assiettes (p. 114). Faut-il y voir une satire de la femme réduite à des tâches ménagères ? Pour Éluard, il s'agit d'une « femme portative » (p. 115), une sorte de poupée gonflable, *illustration* de la misère sexuelle.

Le dessin stimule ainsi la pensée créatrice du poète qui, en retour, éclaire le dessin d'un jour nouveau.

Par association d'idées

Cette interaction se retrouve dans divers processus associatifs. Le dessin (ou l'un de ses éléments) fait songer à quelque chose d'autre, qui ne figure pas dans le dessin. Le dessin du « mannequin » (p. 56) fait ressurgir des souvenirs d'enfance, du temps où la mère du poète était couturière. Mais qui n'a pas les mêmes souvenirs ne voit qu'un élégant top-modèle.

L'araignée qui a tissé sa toile entre deux mains (p. 92) fait songer au temps qui passe, mais cette fuite du temps devient à son tour « attente ». C'est donner un sens à ce temps : on « attend » en effet toujours quelque chose ou quelqu'un. La toile d'araignée se transforme en une allégorie de l'échec.

Soit enfin un entonnoir, un gant et ce qui semble être, plié, chiffonné, un tablier (p. 15). Cet assemblage hétéroclite figure « la faim le froid la solitude ». Le dessin ressuscite et actualise les craintes et les obsessions du poète.

Par réécriture

Certains poèmes prennent enfin appui sur le dessin pour l'intégrer dans un ensemble plus vaste. « Des nuages dans les mains » (p. 95) en fournit un exemple. Le dessin en lui-même n'est pas particulièrement angoissant : ce n'est ni un ciel d'orage ni celui d'un sombre mois de novembre. Le mot « nuages » sollicite toutefois la mémoire littéraire du poète, qui l'associe à Baudelaire et au spleen des *Fleurs du mal*[1].

De même, « Au bal Tabarin » (p. 112) ne décrit pas l'affiche d'un spectacle et n'en évoque que fort peu le contenu, mais il devient

1. Voir plus haut, p. 39-40.

un hymne à l'illusion théâtrale[1]. Dans les deux cas, le poème enrichit le dessin au point que l'on peut se demander si ce n'est pas le dessin qui finit par *illustrer* le poème.

DES POÈMES CONCURRENTS DES DESSINS

Il existe enfin un dernier cas de figure : celui où le texte participe de la même esthétique que le dessin. Il en reprend tantôt le processus créateur tantôt la thématique au point, parfois, de substituer au dessin de Man Ray une autre image mentale.

Un même processus créateur

« La glace cassée » (p. 25) n'entretient à première vue aucun rapport avec son dessin. Celui-ci est pourtant l'un des plus étroits qui soient. Le dessin représente un miroir brisé qui morcelle l'image d'un corps en autant de morceaux qu'il y a de morceaux de verre. La perception que l'on a du corps humain s'en trouve modifiée, déformée. Le poème reprend cette même technique de déformation, mais en l'appliquant d'une autre façon : la terre bascule, l'horizontalité devient verticalité, le ciel est en bas. Le résultat est le même : l'illusion d'optique est parfaite. Dessin et texte sont en parfaite osmose.

Sur un mode plus humoristique, c'est le même phénomène que l'on observe dans « Les mains libres » (p. 42-43). Puisque le dessin est un embrouillamini incohérent, le texte est à son image : incohérent par son illogisme, par l'association systématique des contraires.

Une parenté thématique

D'autres poèmes entretiennent une parenté thématique avec les dessins. Chez Man Ray, l'architecture est inquiétante, que ce soit dans « Château abandonné » (p. 19), « Les tours du silence » (p. 39),

1. Voir plus haut, p. 44.

« Le château d'If » (p. 97) ou « Les tours d'Éliane » (p. 111). Les fortifications n'inspirent aucune confiance. Preuve en sont ces ombres qui cherchent à s'en échapper ou qui gisent au bas des remparts.

La même atmosphère d'angoisse imprègne les poèmes d'Éluard. Quelle qu'en soit la forme ou la cause, l'isolement, le repli ne protègent de rien, c'est se couper du monde, des autres, de l'amour vécu ou espéré et – suprême tragédie pour un poète – c'est ne plus communiquer, perdre le langage. Cette parenté thématique entre poèmes et dessins se retrouve dans « Le solitaire » (p. 48-49), « L'espion » (p. 90-91) ou encore dans « La Marseillaise » (p. 100-101).

FOCUS

QU'EST-CE QUE « VOIR » SELON ÉLUARD ?

En 1939, Éluard réunit sous le titre *Donner à voir* des articles jusque-là publiés de manière éparse dans diverses revues. Il y précise notamment ce que *voir* signifie pour lui. Bien plus que « regarder » ou « contempler », *voir*, c'est « imaginer » quelque chose à partir de ce qui est *vu*. C'est donc transformer, modifier ce qui est vu. Le réel contemplé est toujours source de création, d'invention. C'est la démarche même du surréalisme. Aussi Éluard fait-il l'éloge de Picasso qui, le premier, a su en peinture transformer ce qu'il voyait. Entre l'image et le texte existe donc un jeu permanent d'interaction : l'image modifie le texte, comme le texte modifie en retour l'image.

Un substitut du dessin

Il est enfin des cas où le poème se pose en contre-modèle du dessin, comme s'il le redessinait. « Nu » (p. 62-63) relève de la statuaire néoclassique, comme on en a tant représenté aux XVIIIe et XIXe siècles. Cette esthétique conservatrice, moralisatrice et hypocrite, qui dissimule les attributs sexuels, scandalise Éluard. Il corrige littéralement le dessin, comme s'il le gommait ou le déconstruisait : « on va te prendre », « On va t'enlever »,

« On s'apprête à briser ». Progressivement le poème impose une autre image mentale, qui vient prendre la place du dessin.

Le même phénomène s'observe dans « La couture » (p. 116-117). « Où se fabriquent les crayons » (p. 118-119) en est une variante. Le poème ignore toute une partie du dessin, notamment l'inquiétante présence du serpent. Quant au crayon qui constitue le clocher de l'église, il n'est pas mentionné, sauf dans le titre. Le poème devient alors une pastorale nocturne, qui remplace le dessin.

Illustrer n'est donc que rarement décrire, c'est encore moins se contenter de voir. C'est s'interroger sur ce qu'un dessin dit, suggère, sur ce qu'il fait imaginer. Et cette interrogation est du domaine et du ressort des mots. Il n'y a d'ailleurs pas de frontière entre le mot et l'image : le verbe *peindre* appartient tout autant au domaine du langage (on peint un paysage, un personnage) qu'au domaine pictural ou graphique.

3 La structure du recueil : organisation et sens

Le recueil se présente comme une succession de textes et de dessins qui n'ont, a priori, aucun lien entre eux. L'étude des caractéristiques de chacune des parties fait en réalité ressortir une construction savante.

CARACTÉRISTIQUES DE LA PREMIÈRE PARTIE

La première partie compte 30 dessins et autant de poèmes. De quelle nature les uns et les autres sont-ils ? Quelle progression interne recèlent-ils ?

Classification des dessins

Si variés soient-ils, les dessins appartiennent à quelques grandes catégories picturales. Les portraits féminins sont les plus nombreux. Ce sont tantôt des silhouettes (« Fil et aiguille », p. 13 ; « L'aventure », p. 32), tantôt des visages (« L'évidence », p. 16 ; « Le désir », p. 20), tantôt des bustes (« Le mannequin », p. 56), tantôt, enfin, des « nus » (11 au total, dont « Pouvoir », p. 66 ; « La mort inutile », p. 64).

Les paysages sont nettement moins nombreux (« L'arbre-rose », p. 45 ; « Le tournant », p. 61). Trois dessins sont des natures mortes[1] (« La toile blanche », p. 14 ; « Objets », p. 29 ; « Main et fruits », p. 54).

1. Sur ce qu'est une nature morte, voir note 1, p. 16.

es sont des constructions architecturales (« Château …é », p. 19 ; « Les tours du silence », p. 39). Certains … inclassables (« Les mains libres », p. 42 ; « Le solitaire », … ou « L'angoisse et l'inquiétude », p. 34).

La conclusion s'impose d'elle-même : une présence féminine érotisante imprègne toute cette première partie.

Des poèmes en vers libres

Aucun des poèmes ne respecte les règles de la versification classique. De longueur variable et sans rime, ils sont de plusieurs sortes. Six sont des distiques[1] ; cinq, des tercets[2] ; cinq autres des quatrains[3]. Les poèmes les plus longs ne dépassent pas vingt vers (« C'est elle », p. 22 ; « La lecture », p. 30 ; « Main et fruits », p. 54…). Éluard privilégie donc la brièveté. Elle traduit à la fois l'intensité émotionnelle (le choc ressenti devant le dessin) et la densité de l'expression.

Une progression interne : du désespoir à l'espoir

Les premiers dessins et poèmes disent la solitude, les échecs, « l'angoisse et l'inquiétude ». Les derniers chantent l'« aventure », prônent la transgression, célèbrent la « liberté ».

Une trajectoire se dessine donc, qui va de la désespérance à l'espérance. Elle n'est certes pas linéaire. « Solitaire » (p. 49) marque par exemple une rechute. Mais le poème « La liberté » (p. 70), sur lequel cette première partie s'achève, est un élan, une promesse et un programme. La femme nue qui, étendard au vent, s'élance vers le ciel illustre le surréalisme et sa quête de l'« amour fou » tout comme l'aspiration d'Éluard au bonheur.

1. *Distique* : strophe de deux vers.
2. *Tercet* : strophe de trois vers.
3. *Quatrain* : strophe de quatre vers.

CARACTÉRISTIQUES DE LA SECONDE PARTIE

Légèrement moins longue que la première, elle compte 24 dessins et autant de poèmes. Leur nature et leur tonalité diffèrent légèrement de celles observées dans la première partie.

Classification des dessins

Les nus demeurent (8 au total), mais en moins grand nombre. En revanche, les représentations de la nature sont plus nombreuses (« La plage », p. 84 ; « Où se fabriquent les crayons », p. 119). Les paysages urbains font leur apparition (« Rêve », p. 80 ; « Avignon », p. 87 ; « La Marseillaise », p. 100). Deux châteaux subsistent (« Le château d'If », p. 96 ; « Les tours d'Éliane », p. 111).

Nature des poèmes

Ils sont toujours en vers libres, et ne sont pas plus longs que ceux de la première partie (19 vers au maximum). Peu sont toutefois des monostiques (= un seul vers). La majorité d'entre eux dépasse les huit vers (« Plante-aux-oiseaux », p. 95, est un huitain[1]). « Le temps qu'il faisait le 14 mars » (p. 75) et « Des nuages dans les mains » (p. 95) sont des dizains[2] ; « Où se fabriquent les crayons » (p. 119) comprend onze vers ; et « Au bal Tabarin » (p. 20), seize. Seul de son espèce dans tout le recueil, « Les amis » (p. 120) est un court poème en prose.

De l'apaisement à la réconciliation

Plus présente que dans la première partie, la nature y est également plus bienveillante (« Plante-aux-oiseaux », p. 79). Évoqué, le spleen baudelairien n'en est pas moins vaincu par ce « remède miracle » que sont l'« accord », le « cadeau » et la « confiance » (« Des nuages dans les mains », p. 95). L'humour apparaît là où

1. *Huitain* : poème de huit vers.
2. *Dizain* : poème de dix vers.

l'on s'y attend le moins, comme dans cet ultime vers de « La peur » : « Il laisse voir une femme qui s'ennuie » (p. 104). Enfin, le dernier poème et les portraits sont un éloge de l'amitié. Tout se passe comme si le poète finissait par se réconcilier avec le monde.

UNE ORGANISATION SAVANTE

Sous la succession des dessins et des poèmes se dissimule une organisation savante du recueil. Harmonie et symétrie y sont au service d'une liberté absolue.

Une recherche d'harmonie

Les deux parties du recueil ne sont pas a priori égales : 30 textes et dessins dans la première ; 24 dans la seconde. Mais ce déséquilibre disparaît si l'on intègre dans la seconde partie les portraits sur lesquels se clôt le recueil. L'hommage à Sade se situe dans la lignée thématique de la forteresse-prison du « Château d'If » (p. 96) et des « Tours d'Éliane » (p. 111), qui entremêle les motifs de l'enfermement et de la sexualité. Quant aux six portraits, ce sont ceux des « amis » qu'Éluard évoque dans son dernier poème (p. 122).

Il paraît donc raisonnable de considérer cet album comme une prolongation de la seconde partie. L'équilibre entre les deux parties devient alors parfait. *Les Mains libres* dissimulent en définitive une structure plus élaborée qu'il n'y paraît de prime abord.

Une recherche de la symétrie

Des correspondances et des phénomènes d'échos tissent en outre des liens entre les deux ensembles. On trouve en effet dans chacun d'eux :
- des plantes fictives : l'« arbre-rose » (p. 45) et la « plante-aux-oiseaux » (p. 79) ;
- des allusions mythologiques avec « Narcisse » (p. 37) et Prométhée dans « Histoire de la science » (p. 83) ;

– deux châteaux (p. 18 et 38, p. 96 et 111) ;
– des « objets » dénués de toute fonctionnalité (p. 29 et p. 76) ;
– des caricatures de la passion : « J. » (p. 41) et « Femme portative » (p. 115) ;
– des regards qui observent mais ne savent pas vraiment *voir*, deviner : d'un côté les « yeux stériles » (p. 58) ; de l'autre « l'espion » (p. 91).

Tous ces effets ne sont naturellement pas dus au hasard, mais à un désir conscient d'organisation.

Un manifeste de la liberté

Le recueil des *Mains libres* est l'un des plus optimistes qu'Éluard ait jamais composés. Il s'inscrit tout entier sous le signe de la liberté : liberté formelle par le rejet de la versification traditionnelle et par le refus de considérer les dessins de Man Ray comme de divertissantes ébauches ; liberté de la passion amoureuse qui se moque du carcan de la raison et de la morale ; liberté du rêve, de la création ; liberté révolutionnaire.

S'ouvrant sur l'angoisse, le recueil se clôt sur une aurore attendue, espérée, celle qui marquera « la disparition d'un monde où la bêtise et la lâcheté entraînent toutes les misères » (p. 126).

4 De la légende des dessins aux titres des poèmes

Sur les 54 poèmes du recueil, 12 ont pour titre les légendes des dessins de Man Ray : 5 dans la première partie et 7 dans la seconde[1]. Étudier le choix et la signification des titres oblige donc à considérer les deux cas suivants : celui où les légendes dues à Man Ray servent de titres aux poèmes d'Éluard, et celui où Éluard invente ses propres titres.

DES LÉGENDES QUI SERVENT DE TITRES

Trois raisons expliquent qu'Éluard reprenne les légendes pour titrer ses textes : parce qu'elles illustrent l'esthétique surréaliste à laquelle il adhère pleinement ; parce qu'elles sont susceptibles de détournement ou de contredire les dessins ; parce qu'enfin elles sollicitent son imaginaire.

Parce qu'elles s'inscrivent dans l'esthétique surréaliste

Man Ray n'est pas seulement l'ami d'Éluard : peintre, dessinateur, photographe, il est lui-même surréaliste. Or, comme pour tout surréaliste, l'invention d'objets ou le détournement de fonctionnalité d'objets existants figurent au nombre des moyens de créer

1. Dans la première partie : « L'évidence » (p. 17), « C'est elle » (p. 22), « L'angoisse et l'inquiétude » (p. 34), « Burlesque » (p. 50), « Les yeux stériles » (p. 58). Dans la seconde partie : « Le temps qu'il faisait le 14 mars » (p. 75), « Le sablier compte-fils » (p. 76), « Plante-aux-oiseaux » (p. 79), « Histoire de la science » (p. 83), « L'apparition » (p. 103), « La peur » (p. 104) et « Les amis » (p. 120).

une autre réalité (→ PROBLÉMATIQUE 11). Le « sablier compte-fils » en est un exemple. Appliquée au domaine naturel, la « plante-aux-oiseaux » en est un autre.

Les surréalistes accordent également à l'humour, de préférence noir, une place importante pour ses valeurs ludiques et contestatrices. « Burlesque » (p. 50) en relève. Quant au « rêve », qui fait surgir une réalité intérieure, son analyse est systématiquement privilégiée. Éluard reprend à son compte les légendes de Man Ray avec d'autant plus de facilité qu'il y retrouve sa propre esthétique.

Parce qu'elles peuvent contredire le dessin

Mais reprendre n'est pas copier ou dupliquer. C'est aussi transformer et parfois déformer. Le dessin légendé « C'est elle » (p. 23) évoque les ambiguïtés de la passion. Éluard reprend la formule et en fait une anaphore : il la répète six fois. Mais s'agit-il six fois de la même femme ? Le distique final accumule les obstacles à la concrétisation de la passion : sont-ils de même nature que l'hermaphrodite dessiné par Man Ray ? La reprise de la légende n'implique pas une simple illustration de celle-ci.

Autre exemple : la légende « L'angoisse et l'inquiétude » (p. 35) est constituée de deux mots abstraits. Éluard l'*illustre* par des verbes uniquement concrets. Le poème « Les yeux stériles » (p. 58) déforme la légende du dessin qui indique, en anglais, *to steriles eyes* (« dédié aux yeux stériles »). L'aspect dédicatoire disparaît ; le poème prend une portée plus générale.

Parce qu'elles sollicitent l'imaginaire

La légende « Le temps qu'il faisait le 14 mars » (p. 74) possède un fort pouvoir évocateur : elle fait songer au printemps, aux amours juvéniles, à la renaissance. Éluard compose sur ce thème une poésie à la tonalité très pastorale. L'« Histoire de la science » (p. 83) présente un double intérêt poétique : celui de réécrire le mythe de Prométhée[1] et celui de redéfinir les rapports souvent tendus entre la rationalité et le surréalisme. De même, « L'apparition » (p. 103) renvoie au monde onirique.

DES TITRES AUX MULTIPLES FONCTIONS

Toutefois, dans la majorité des cas, les dessins ne sont pas légendés. Les titres des poèmes sont donc de l'invention d'Éluard. Trois critères semblent présider à leur choix : leur capacité à devenir à leur tour des légendes, à attirer l'attention sur un seul aspect des dessins, à en exprimer l'impact émotif.

Des titres qui peuvent servir de légendes

Certains titres découlent directement des dessins. Celui de « La lecture » (p. 30) résume le croquis de Man Ray, qui représente effectivement une jeune femme en train de lire. De même pour celui de « La glace cassée » (p. 25) : ce que l'on voit est bien un miroir brisé. Comment titrer autrement le poème « Objets » (p. 29) quand Man Ray n'a précisément assemblé que des « objets » ? Les titres « La plage » (p. 84), « Des nuages dans les mains » (p. 95), « Brosse à cheveux » (p. 108) ou « Au bal Tabarin » (p. 112) s'expliquent par les dessins.

Quelques titres sont toutefois faussement évidents. Tel est le cas de « Fil et aiguille » (p. 13). Le dessin montre bien un « fil » et une « aiguille », mais l'essentiel n'est pas dans leur présence ; il est bien plutôt dans la silhouette transparente dont le « fil » trace les contours.

Des titres qui ne s'appliquent qu'à une partie du dessin

Le plus souvent, Éluard ne cherche pas à rendre compte du dessin en général. Il préfère en retenir un élément, quitte à en négliger beaucoup d'autres. « L'arbre-rose » (p. 45) ne retient que

1. Voir plus haut, p. 36.

la plante, effectivement démesurée, non le paysage, le fleuve et les deux bateaux. « L'espion » (p. 91) est encore plus intéressant. Un tel titre oriente le regard du lecteur vers le haut du dessin où un visage se dissimule derrière des persiennes. Or la main qui s'empare du plantoir est tout aussi mystérieuse. Éluard n'en parle pas. Le titre « Où se fabriquent les crayons » (p. 119) concentre notre attention sur le village et son clocher en forme de « crayon », au détriment du serpent qui pourtant traverse le dessin de long en large.

Des titres qui traduisent l'impact du dessin

D'autres titres vont au-delà de ce que figurent matériellement les dessins. Ils cherchent moins à en rendre compte qu'à traduire leur impact. « Oui ou non » (p. 99) est un titre a priori sans rapport avec le dessin. Il exprime une alternative ou une indécision, symbolisées par les arabesques de la volute.

Une femme nue s'offre, cambrée, au plaisir. De cette posture érotique, Éluard retient ce qui l'explique ou la justifie : « Le don » (p. 26). Un énorme ciseau enserre entre ses deux branches la taille d'une jeune femme. L'image est violente et n'est pas loin de suggérer une maltraitance : c'est la (haute) « couture » (p. 116).

« Narcisse » (p. 37) en fournit un dernier et curieux exemple. Le dessin représente une jeune femme sans tête qui pourtant contemple l'image de son propre visage. Éluard s'intéresse presque uniquement à ce regard qu'on ne voit pas.

5 Un nouvel art poétique

Il suffit de feuilleter *Les Mains libres* pour s'apercevoir qu'Éluard se libère des formes anciennes de la poésie. C'est qu'il la conçoit comme une saisie « immédiate », directe, du monde. Aussi imprègne-t-il son recueil d'un fort lyrisme.

UNE LIBÉRATION DE LA FORME

Éluard ne confond pas la poésie avec les codes traditionnels de la versification. Il pratique l'hétérométrie[1], ignore les formes fixes du poème, privilégie le rythme et les sons au détriment de la rime.

Une complète hétérométrie

Ses poèmes mêlent différents types de vers, pairs et impairs, courts ou longs. La diversité est de rigueur même à l'intérieur d'un poème. « Belle main » (p. 69) comprend ainsi des vers de 3, 4, 6, 8, 10 et 12 syllabes. Aucune règle ne justifie leur alternance ou le passage des uns aux autres. Le dernier poème, « Les amis » (p. 120), est un poème en prose. Là comme ailleurs, la réalité décrite ou évoquée ainsi que la force de l'émotion l'emportent sur la forme. Les vers ne conservent de la versification traditionnelle que le retour à ligne et la majuscule initiale.

Des formes poétiques variées

Pas plus que le vers, le poème n'obéit à une structure fixe (telle que celle du sonnet). Certains sont des monostiques (« L'attente », p. 92), d'autres des distiques (« Les mains libres », p. 42), des tercets (« La liberté », p. 70), des quatrains (« La plage », p. 84)...

1. *Hétérométrie* : utilisation dans un même poème de deux ou plusieurs types de vers.

Un même poème peut comprendre plusieurs types de strophes. « Rêve » (p. 80) se compose d'un distique, de deux tercets et d'un monostique.

Toutes les combinaisons sont possibles. Séparant les strophes, les blancs ne constituent pas seulement une aération du texte : ils introduisent la rêverie dans la parole poétique, mettent en valeur un mot ou une image, préparent un effet de surprise.

Le jeu des sons et des rythmes

L'abandon des contraintes métriques provoque la disparition de la rime et de l'assonance[1]. Rythmes et sonorités n'en deviennent que plus importants pour assurer aux poèmes leur unité phonique, musicale. L'anaphore « C'est elle » par exemple, dans le poème du même nom (p. 22), crée un leitmotiv et impose une manière particulière de lire, à voix haute ou basse : « C'est elle dans cette maison déserte ». La disparition enfin de toute ponctuation laisse par ailleurs chaque lecteur libre de choisir ses pauses. « Le mannequin » (p. 57) multiplie les consonnes sourdes en *-p* : « *P*etit *p*ont de *p*erfection/ *P*remier amour de l'écolier/ Su*pp*ression des distances ».

UNE POÉSIE DE L'IMMÉDIATETÉ

En 1932, cinq ans avant *Les Mains libres*, Éluard publie un recueil de poèmes intitulé *La Vie immédiate.* Ce titre est à lui seul un art poétique, qui accorde la primauté aux sensations et qui intègre le quotidien pour mieux modifier notre regard.

La primauté des sensations

La poésie d'Éluard est une poésie de la sensation : tout en provient et tout y ramène. De là l'importance du champ lexical relatif aux sens. « Fil et aiguille » (p. 13), « L'évidence » (p. 17),

1. *Assonance* : répétition de la même voyelle accentuée à la fin de deux vers (par exemple : nu /cru).

« La lecture » (p. 30), « Les yeux stériles » (p. 58), « L'apparition » (p. 103) reposent sur la vue. Le thème – encore plus fréquent – des mains renvoie au toucher (« Solitaire », p. 49 ; « Belle main », p. 69). L'odorat est sollicité dans « Les sens » (p. 46), le goût dans « Main et fruits » (p. 54), l'ouïe dans « Château abandonné » (p. 18) ou « Les tours du silence » (p. 36). C'est un art de la perception directe.

Une approche du quotidien

Le quotidien s'en trouve appréhendé lui aussi directement. Les objets les plus familiers ont droit de cité. Voici un « fil », une « aiguille », une « rue », une « glace cassée », des « objets », un « flacon de parfum », des « fruits », des bouts de ficelle, une « brosse à cheveux »... Gestes et activités sont souvent des plus ordinaires : la « lecture », le jardinage, le dessin, la rêverie, le sommeil... La modernité (pour l'époque) s'invite avec la « tour Eiffel » (p. 80), les affiches publicitaires (« Brosse à cheveux », p. 108), les défilés de haute couture (p. 116)...

Éluard ne sépare pas la poésie de la vie, parce qu'il considère, comme tous les surréalistes, que la poésie est la vie.

Une volonté de « libérer la vision »

Il faut, écrit-il dans *L'Évidence poétique* (1937), « libérer la vision, pour joindre l'imagination à la nature, pour considérer tout ce qui est possible comme réel », bref pour montrer que l'imagination ne s'oppose pas au réel. Aussi les sensations et l'évocation du quotidien ne sont-elles là que pour modifier notre regard, changer notre manière de voir.

Tantôt il s'agit d'une brusque échappée dans l'imaginaire et le monde du rêve (« L'arbre-rose », p. 45 ; « Plante-aux-oiseaux », p. 79). Tantôt il s'agit d'une illusion d'optique comme dans « La glace cassée » (p. 25) ou « Au bal Tabarin » (p. 112). Tantôt enfin d'une association d'idées qui bouleverse notre perception du monde (« Des nuages dans les mains », p. 95 ; « Feu d'artifice », p. 107)... (Sur les fonctions du langage poétique → PROBLÉMATIQUE 6.)

UN LYRISME DE LA VITALITÉ

Éluard ne conçoit pas la poésie en dehors de l'amour, principe de communion avec le monde et source de connaissance.

L'amour, la poésie

L'amour est le thème dominant du recueil : de là le lyrisme qui l'imprègne. Les registres en sont divers : nostalgique dans « Le mannequin » (p. 57) ou « Le temps qu'il faisait le 14 mars » (p. 75) ; extatique dans « Le don » (p. 26) ; inquiet dans « Burlesque » (p. 50) ; violent dans « Pouvoir » (p. 66) ; désespéré dans « Solitaire » (p. 49). L'amour n'est pas chez Éluard un sujet d'inspiration parmi d'autres. Il est la poésie même. Sensations et émotions se confondent avec le désir.

Une communion avec le monde

Parce qu'il est élan vital, le désir permet de se réconcilier avec l'univers, lui-même principe et source de vie (→ PROBLÉMATIQUE 8). Des poèmes comme « Narcisse » (p. 37), « Rêve » (p. 80) ou « L'attente » (p. 92) disent le malheur de la solitude physique ou affective. L'amour au contraire unit au monde, nous réunit avec lui. Rien ne l'exprime mieux que « L'arbre-rose » (p. 45) où une comparaison assure la fusion de la fécondité de la nature et de la femme. L'élargissement du lyrisme est là à son apogée.

Une poésie de la connaissance

Le poème devient dès lors le lieu de la connaissance. C'est d'abord une connaissance de soi-même. « Rêve » (p. 80) exhume les angoisses du poète. « Solitaire » (p. 49) est une prise de conscience de l'impossibilité de vivre sans elle. « L'aventure » (p. 33) est un appel à la découverte de sa vraie nature.

C'est aussi une connaissance de l'autre, d'un autre monde que l'artiste recrée à sa guise quand il « assemble tous les paysages » et qu'il « entre au bois diamant » (« Objets », p. 29). Parce qu'il est pensé, écrit, dessiné ou peint, l'imaginaire est réel. Et il est infini.

6 Comment le langage poétique modifie notre manière de voir

L'ambition première, majeure, du surréalisme est de percevoir différemment le monde, de débusquer autre chose dans le réel. En 1939 Éluard publie d'ailleurs un essai au titre significatif : *Donner à voir.* C'est suggérer qu'il y a beaucoup plus à *voir* dans le quotidien que ce que l'on y voit ordinairement. Comment, toutefois, le langage peut-il *donner à voir*, c'est-à-dire modifier notre regard ? Une utilisation différente du langage, une manière particulière d'être au monde et la volonté de rendre visible l'invisible en sont les principales modalités.

UTILISER AUTREMENT LE LANGAGE

Quand il n'est pas réduit à un simple moyen de communication, le langage devient ou redevient une réalité vivante. Les mots retrouvent alors leur richesse et leur épaisseur historiques. Les expressions qu'ils forment se revitalisent sitôt qu'elles sont nettoyées de leur patine fonctionnelle. Les images poétiques nous rendent enfin le réel plus sensible.

Retrouver l'épaisseur et la richesse des mots

Éluard emploie des mots simples. Mais simplicité ne signifie pas facilité. Il redonne en effet aux mots leur sens originel ou inusité, que le langage courant néglige. Il nous incite ainsi à penser, à envisager les mots d'une autre façon, plus inhabituelle, plus originale. Le mot « trait » par exemple qu'il emploie dans « Oui ou non » (p. 98-99) désigne une trace, une ligne dessinée, mais aussi un projectile, une flèche ; de là vient d'ailleurs l'expression *filer* ou *partir comme un trait*. Éluard joue sur ces différents sens. Du même coup, après avoir lu son poème, nous regardons différemment le dessin de Man Ray : l'objet représenté est-il un crayon, une flèche, une fusée ? Il devient tout cela à la fois. Notre regard s'est enrichi.

Soit encore un verbe aussi simple que le verbe *fleurir* (dans « L'aventure », p. 33). Quand il est employé comme ici au sens figuré, il signifie : « être dans état brillant, qui est comparé à l'éclat d'un arbre en fleur ». Éluard, lui, écrit « Que fleurisse ton œil » : c'est inattendu et plus expressif que la banale formule « Que ton œil brille ». Avec lui, les mots deviennent ou redeviennent des nouveautés.

Revitaliser les expressions

Ce qui est vrai des mots pris isolément l'est encore plus de leurs alliances et combinaisons. Voici, à propos de « Narcisse » (p. 37), le « masque de poix ». Peu usité de nos jours le mot « poix » désigne une matière résineuse servant à encoller les papiers et à fabriquer des masques. « Masque de poix » désigne donc tout à la fois l'objet, son mode de fabrication et le sentiment plutôt négatif que véhicule l'expression à la simple lecture.

De même pour « fille de glace » (« Burlesque », p. 50-51). *Être*, *rester* ou *demeurer de glace* signifie dans le langage courant « être insensible ». La formule « fille de glace » est poétiquement plus forte. Le dessin de Man Ray s'en trouve en retour plus clair : nous comprenons mieux pourquoi la chevelure de la jeune femme masque la quasi-totalité de son visage et pourquoi ses mains enfilent le bloc de glace qui lui sert de robe. C'est comme si nous découvrions un nouveau langage qui, à son tour, nous permet d'accéder à une autre manière de *voir*.

Écrire en images

Les images – comparaisons et métaphores – constituent le plus haut degré de cette revivification du langage. Seulement apparu à la fin du XIXe siècle, le verbe *endeuiller* est synonyme d'« attrister », de « plonger dans le deuil » une famille, un groupe, une nation. Éluard l'utilise dans l'expression « endeuiller la vue » (« Fil et aiguille », p. 13). C'est plus suggestif. S'agit-il d'un reflet de soleil sur l'eau ? « L'eau devient lumière » (« Le temps qu'il faisait le 14 mars », p. 75). C'est associer des contraires, les transmuer l'un dans l'autre : nous ne verrons plus un reflet de la même façon, d'autant que la métaphore est facile à mémoriser. Ailleurs, « La lampe boit la lumière » (« Le sablier compte-fils », p. 76).

Soit, pour dernier exemple, le distique des « Mains libres » (p. 42). L'expression « feu de paille » qualifie ordinairement un sentiment ou un engouement vif mais passager. Appliquée à une « averse », elle désigne une ondée brève et intense, mais résonne de manière curieuse, presque amusante, puisque l'eau et le feu ne sont pas des éléments compatibles. Le second vers accentue cette impression humoristique : « La chaleur va l'étouffer ». On étouffe bien en effet un feu, mais pas une « chaleur » qui, elle, peut être « étouffante ». La langue est une matière vivante qu'Éluard nous contraint à considérer autrement que sous son aspect utilitaire.

UNE MANIÈRE PARTICULIÈRE D'ÊTRE AU MONDE

Cette revivification du langage conduit à penser, à voir le monde autrement qu'il n'est. Les choses deviennent alors plus complexes qu'elles n'apparaissent. Le monde retrouve ses couleurs originelles. L'être (le moi) peut s'identifier, s'unir à lui.

Chercher les autres sens des choses

Une chose est une réalité matérielle non vivante. Prenant le contre-pied de cette définition, Éluard l'anime ou la rend signifiante. Quoi de plus ordinaire qu'un « gant » ? Mais quoi de plus angoissant que la solitude qu'il symbolise dans « La toile blanche » (p. 14) ? Qu'est-ce qu'un « château » ? Une place forte ou une splendide demeure royale ou seigneuriale ? Ni l'une ni l'autre. C'est pour Éluard un ghetto, qui isole du reste du monde (→ PROBLÉMATIQUE 10). Qu'est-ce qu'une « fenêtre » ? Un objet, une ouverture sur le monde, un créneau horaire ou un espace dans un dessin ? C'est tout cela à la fois. Jamais les choses ne se réduisent donc à ce que matériellement elles sont. Un « ciseau » coupe des tissus, façonne des vêtements et fait souffrir les mannequins de haute couture (« La couture », p. 116).

Que faire d'un miroir cassé ? Rien, puisqu'il est brisé. Il nous fait pourtant voir les images qui s'y reflètent d'une autre façon (« La glace cassée », p. 25). Soudain ce miroir brisé nous fait rêver et entrevoir le monde sous un autre jour. Que verrions-nous en effet si « l'horizon » devenait « vertical » ? L'illusion d'optique serait semblable à celle qui naît de la « glace cassée ». Le changement de perspective serait complet.

Révéler les couleurs du monde

Révélant les aspects inattendus des choses, le langage poétique révèle aussi les couleurs du monde. En effet, les images empruntent souvent à la palette des peintres. Elles éduquent ainsi notre regard, elles l'habituent aux nuances et aux impressions fugitives. Les « aiguilles du midi » qui « cousent la traîne du matin » évoquent les vaporeuses brumes de chaleur. Les coloris deviennent « volatiles » (« Le temps qu'il faisait le 14 mars », p. 75).

L'éclat, les couleurs et la pureté des pierres précieuses disent le désir, le bonheur d'aimer et de vivre. Ce sont les « rubis » des lèvres, la « turquoise » des paupières (« Les sens », p. 46) ou les « bijoux de la rébellion » contre l'ordre moral établi (« Oui ou non », p. 99), le « bois diamant » de l'imaginaire (« Objets », p. 29). Il y a chez Éluard la volonté de repeindre le monde aux couleurs de l'innocence, de la pureté comme on dit précisément d'un diamant qu'il est pur.

S'unir au monde

C'est alors que les êtres finissent par s'unir à ce monde redécouvert : ils y participent et ils s'y identifient, les uns et les autres emportés par la loi universelle du désir (→ PROBLÉMATIQUE 8).

Comment célébrer la beauté d'un corps féminin, la blancheur de sa peau, le rouge de ses lèvres, son sexe ? « La rose le cœur dans un champ/ De fleurs de givre » (« Le sablier compte-fils », p. 76). C'est en assimilant la femme cariatide aux éléments que le poète la conseille : « Connais la terre de ton cœur/ Que germe le feu qui te brûle » (« L'aventure », p. 33). Si l'être peut se fondre dans la nature, à l'inverse la nature devient une personne : « Toi-même voix menue tu rirais de l'entendre », dit le poète à la « plante-aux-oiseaux » (p. 79). Ailleurs, « Dans la paume du village/Le soir vient manger les graines/Du sommeil animal » et s'anime (« Où se fabriquent les crayons », p. 119). Le langage poétique fait pleinement vivre au rythme de l'univers.

RENDRE VISIBLE L'INVISIBLE

Débusquer le surréel dans le réel est l'ultime méthode et fonction pour modifier le regard porté sur le monde : en concrétisant l'abstrait, en dépassant les apparences, en acceptant d'être à la dérive du réel.

Concrétiser l'abstrait

Rien n'est plus insaisissable qu'un sentiment. Comment rendre compte par exemple de la nostalgie ? Éluard ne la définit pas à la manière d'un dictionnaire comme un état de langueur, mais comme « Cette marche en arrière/ Incrédule exténuée/ Vers quelques souvenirs » (« Des nuages dans les mains », p. 95).

La métaphore « marche en arrière » matérialise le mouvement de l'âme. L'attente vaine de l'être aimé provoque un pudique et douloureux aveu : « Je n'ai jamais tenu sa tête dans mes mains » (« L'attente », p. 92). Le désespoir qui est un écroulement intérieur trouve son équivalent dans un désastre extérieur : « Dans ma maison en ruine/ Chez moi/ Plus un livre » (« Rêve », p. 80). Le souvenir à la fois heureux et poignant du premier amour se change en un « soleil qui gémit dans mon passé » (« Belle main », p. 69). Toujours les états d'âme sont objectivés.

Dépasser les apparences

Pour Éluard comme pour tous les surréalistes, le réel n'est rien ou plus exactement il n'est qu'une partie de la réalité, et sans doute la moins intéressante. La poésie se donne pour mission de dévoiler ce qui échappe aux regards pressés, indifférents ou « stériles » (p. 58). Elle rend au monde son épaisseur et son mystère. Il s'agit souvent de lui donner un autre sens ou une autre fonction. Rien n'est plus banal qu'une route de corniche en lacets. Éluard métamorphose le « tournant » en espérance contestatrice et libératrice : « J'espère/ Ce qui m'est interdit » (« Le tournant », p. 61).

Rien n'est plus ordinaire qu'une nature morte[1], que trois fruits disposés sur une assiette ou un plateau (« Main et fruits », p. 54). Mais la caresse sensuelle d'un doigt ravive des souvenirs d'enfance, qui se substituent progressivement à la vision directe de ces mêmes fruits. L'affiche du « bal Tabarin » (p. 112) campe des silhouettes de comédiens et de danseurs. Le poème ne s'attarde, lui, que sur les illusions, douces ou amères, qu'engendre tout spectacle.

1. Sur ce qu'est une nature morte, voir note 1, p. 16.

Être à la dérive du réel

Ce constant dépassement des apparences aboutit à oublier complètement le réel, à s'aventurer dans un imaginaire où tout devient enfin possible, parce qu'il n'y a plus ni limite ni contrainte. Cette exploration n'est pas sans risque pour l'équilibre mental. Certains surréalistes – André Breton notamment – se sont d'ailleurs intéressés de près à la folie et aux dérèglements comportementaux.

Éluard s'en fait discrètement l'écho dans un poème comme « Paranoïa » (p. 88), dont le titre renvoie précisément à une forme de délire. « Rêve » (p. 80), « L'arbre-rose » (p. 45), « La femme et son poisson » (p. 53), « Plante-aux-oiseaux » (p. 79), « Les tours d'Éliane » (p. 111) et le dessin d'« Où se fabriquent les crayons » (p. 119) sont des surgissements de l'inconscient. Au lecteur de s'interroger dès lors sur son monde onirique, d'apprendre à mieux *regarder*.

7 L'image de la femme

La femme, et plus encore la femme aimée, est au cœur de la pensée et de la poésie surréalistes. Le recueil des *Mains libres* qui en appelle à sa libération, la présente comme une médiatrice et comme une salvatrice.

L'IMAGE D'UNE FEMME LIBÉRÉE

La révolution surréaliste souhaite libérer la femme des interdits moraux qui durant des siècles ont pesé sur elle ainsi que de l'exploitation sociale ou économique dont elle est victime. Ce n'est qu'à ces conditions qu'elle peut retrouver son droit naturel au plaisir.

Une femme libérée de tout interdit moral

« Nu » (p. 62-63) est un manifeste esthétique autant qu'éthique. La censure bourgeoise, d'origine religieuse, qui pèse sur la représentation des attributs sexuels féminins indigne Éluard : « Au pays des figures humaines/ On s'apprête à briser ta statue ridicule ». Ce n'est pour lui qu'hypocrisie et moyen à peine détourné d'asservissement. « L'aventure » (p. 33) appelle la femme-cariatide à s'échapper du carcan des contraintes.

Une femme délivrée de toute exploitation

Cette libération morale s'accompagne d'une libération économique. « J. » (p. 40-41) évoque et condamne toute forme de prostitution : l'horloge-pointeuse du dessin est synonyme d'obligation, de « travail ». « La couture » (p. 116-117) fait allusion à l'envers des défilés de haute couture, plus durs et tyranniques que les apparences ne le laissent deviner. « Oui ou non » (p. 98-99) invite à filer « Sur des routes nouvelles », à recevoir « Les bijoux tournoyants de la rébellion ».

Une femme qui retrouve son droit au plaisir

Arme de sa libération, l'érotisme en est en même temps la consécration. La femme retrouve son corps et ses désirs, qu'elle peut et doit désormais connaître et proclamer. « Les sens » (p. 46-47) sont un hymne au plaisir féminin : « Dévêtue et le front pur/Tu t'abats comme une hache ». « Le don » (p. 26-27), texte et dessin, en est l'illustration triomphante. Libérée, la femme devient le symbole même de « La liberté » (p. 70-71) : c'est nue qu'elle porte l'étendard de l'émancipation.

L'IMAGE D'UNE MÉDIATRICE

Cette libération de la femme dépasse le cadre des aspirations et revendications féministes. Elle s'inscrit au cœur même de l'éthique surréaliste, selon laquelle la femme – la femme aimée – est une médiatrice. Elle est médiatrice parce qu'elle est un principe unificateur : entre le passé et le présent, entre les éléments de l'univers, entre le réel et l'imaginaire, le « surréel ».

Entre le passé et le présent

La femme présentement aimée ressuscite le souvenir des amours anciennes, en devient même l'accomplissement, parce que « c'est toujours le même aveu, la même jeunesse, les mêmes yeux purs, le même geste ingénu de ses bras, la même révélation » (*La Dame de carreau*, 1926).

Deux poèmes illustrent cette unification des temps amoureux. « Le mannequin » (p. 56-57) supprime les « distances » entre rêves juvéniles et désirs adultes. À l'inverse, un amour passé ne disparaît jamais complètement : « On s'est promis des paradis et des tempêtes/ Notre image a gardé nos songes » (« Belle main », p. 69). Toutes les amours sont de perpétuels recommencements. La femme, les femmes qui les suscitent les réunifient.

Entre les éléments de l'univers

La femme est désir : elle désire et elle est désirable. Le désir est aussi la grande loi de l'univers. La femme est donc celle qui, par et à travers le couple, permet de s'unir à l'univers. Aussi Éluard l'associe-t-il aux éléments fondamentaux : à l'eau (« La femme et son poisson », p. 53 ; « La plage », p. 84) ; au feu, par le biais du soleil (« Le don », p. 26 ; « L'aventure », p. 33) ; à la terre (« L'arbre-rose », p. 45 ; « Le temps qu'il faisait le 14 mars », p. 75) et à l'air (« L'évidence », p. 17 ; « Oui ou non », p. 99).

Entre le réel et l'imaginaire

Pas plus pour Éluard que pour tous les surréalistes, l'univers ne se réduit à sa matérialité. Il englobe les rêves, les fantasmes de l'inconscient, tout ce qui est possible. La femme mène à ces contrées mystérieuses, là où la vie se déploie à l'état pur parce que la raison, la morale et la société ne l'ont pas encore canalisée, réprimée. Comme aux éléments, la femme est associée au « Rêve » (p. 80), à la « Paranoïa » (p. 88), à l'illusion presque magique du « bal Tabarin » (p. 112).

L'IMAGE D'UNE SALVATRICE

Parce qu'elle est cette médiatrice, la femme devient une salvatrice : elle donne une raison de vivre, une raison d'accéder à la vraie vie.

L'impossibilité de vivre sans la femme

La femme ne donne pas une raison de vivre : elle est la raison de vivre, avec laquelle elle se confond. C'est le moment où la poésie d'Éluard devient simple et transparente, comme dans « Femme portative » (p. 115) : « Si ce que j'aime m'est accordé/ Je suis sauvé ». Bien qu'Éluard rejette toutes les religions, c'est un vocabulaire religieux qu'il utilise. Il s'agit en effet de salut, mais c'est d'un salut terrestre dont il est question. À l'inverse, « Si ce que j'aime se retranche/ S'anéantit/ Je suis perdu ». Il se scandalise de seulement imaginer qu'il aurait pu vivre seul. C'est une telle absurdité, un tel sacrilège qu'il ne se reconnaît pas dans cette pensée : « Qui parle/ Qui peut vivre seul/ Sans toi » (« Solitaire », p. 49).

L'initiatrice à la vraie vie

Non seulement la femme aimée permet de vivre, mais elle permet de vivre la seule vie qui vaille : celle qui, par le désir, réalise la double fusion du couple et de l'univers, du réel et du merveilleux. La sexualisation de l'univers le rend enchanté. « Elle », cette femme, devient omniprésente : « C'est elle dans cette maison déserte/ C'est elle dans cette rue sombre/ C'est elle sur ce monument » (p. 22). Son attente comme sa rencontre donnent sens à ce que l'on est, à ce que l'on voit. Comme dans « Les tours d'Éliane » (p. 111), il reste cet « espoir insensé/ Fenêtre au fond d'une mine » de la rencontrer.

« Tomber amoureux », dit le langage courant. Chez Éluard, on ne « tombe » pas, on « s'élève ». La femme est élévation.

8 Dire le désir amoureux

Par ses nus, le dessin (l'image d'une façon plus générale) semble a priori plus apte à exprimer le désir que le langage et les mots. Par ses capacités de suggestion et d'association, la poésie ne manque toutefois pas de moyens. À l'image graphique, elle substitue ses propres images linguistiques. Éluard fait des éléments naturels des images du désir, il crée une synesthésie[1] érotique, il suggère enfin la violence du désir sexuel.

LES ÉLÉMENTS, IMAGES DU DÉSIR

Principe vital, le désir trouve sa traduction poétique dans l'évocation des éléments naturels, eux-mêmes constitutifs du monde, et notamment dans les images du feu, de l'eau et de l'air.

Le feu

Parce qu'il est brûlure, éclat, rayonnement, le feu est l'image du désir. Depuis longtemps d'ailleurs la passion amoureuse est liée à la flamme. La littérature classique du XVIIe siècle parlait ainsi de « feux ». Éluard reprend cette tradition, mais pour la renouveler. « Les yeux stériles » (p. 58) assimile la femme à « l'espace de la flamme ». « L'aventure » (p. 33) évoque « le feu qui te brûle ». Le couple est l'objet d'une mutuelle irradiation dans « Le don » (p. 26) : « Elle est le plein soleil sous mes paupières closes/ Et la chaleur brillante dans mes mains tendues ». « L'apparition » (p. 103) réunit ces images en un tercet : « Pour se bâtir un soleil/ Un corps des flammes persistantes/ Il n'a pas tout son cœur ».

1. *Synesthésie* : rendre équivalentes des sensations d'origine différente, les faire se correspondre.

L'eau

L'élément liquide est souvent la métaphore des humeurs sexuelles (des liquides organiques). L'érotisation de la nature permet de confondre sa fécondité avec celle de la femme : « Sur l'herbe courbe comme un ventre/ La rosée brûle de fleurir » (« L'arbre-rose », p. 45). « Le désir » (p. 21) assimile la femme à un « bassin de lait ». « Le temps qu'il faisait le 14 mars » (p. 75) réalise la synthèse de l'eau et du feu « Sur les rivages de verdure/ Où l'eau devient de la lumière ».

L'air

Les analogies entre l'air et le désir sont peu nombreuses. Dans « Main et fruits » (p. 54) toutefois, le vent devient caresse sensuelle : « Un vent très doux/S'affale sur les fleurs trop mûres/ Azure le sein du cassis/ S'enivre de l'odeur des coings ».

UNE SYNESTHÉSIE ÉROTIQUE

Chez Éluard, le désir est universel en ce sens que l'univers obéit lui aussi, comme les humains, au principe de vitalité. Aussi le poète multiplie-t-il les analogies avec la nature et fait-il se correspondre les différents sens.

Les analogies avec la nature

Certains fruits sont comme des emblèmes du corps féminin. Depuis l'Antiquité, la « figue » désigne familièrement le sexe féminin. Cette métaphore apparaît dans « Le don » (p. 26). « Main et fruits » (p. 54) associe clairement le « cassis » et les « coings » à des seins.

Plus globalement, la nature est l'image du désir. « L'année est bonne la terre enfle », prête à engendrer (« L'arbre-rose », p. 45). « Plante-aux-oiseaux » (p. 79) évoque « L'élan de la graine ». Le distique initial du « Temps qu'il faisait le 14 mars » (p. 75) est attente amoureuse, rêverie érotique. Les « enjôleurs » sont en effet des séducteurs et les « charmeurs », qu'ils soient ou non « des charmeurs d'oiseaux », sont des « ensorceleurs ». L'air printanier du poème respire le désir. Les deux premiers vers de « La plage » (p. 84) réalisent l'harmonie des corps et des éléments : « Tous devaient l'un à l'autre une nudité tendre/De ciel et d'eau d'air et de sable ».

Des correspondances entre les sens

À la suite de Baudelaire dont il admirait l'œuvre, Éluard reprend à sa façon le procédé des « correspondances[1] ». « Les yeux stériles » (p. 58) décrivent une femme nue, allongée : « Elle est comme un bourgeon/L'espace de la flamme/Candide elle a l'arôme/D'amoureux enlacés ».

Cet unique quatrain associe la vue (le « bourgeon », la « flamme »), le toucher (« enlacés »), l'odorat et le goût (« l'arôme »). Qualifiant étymologiquement ce qui est blanc (donc par extension ce qui est pur), l'adjectif « candide » dépeint le nu.

Le même phénomène s'observe dans « Le sablier compte-fils » (p. 76) : « La rose le cœur dans un champ/De fleurs de givre/La lampe qui boit la lumière ». Les couleurs (« la rose », le blanc du « givre ») s'associent. Quant à l'expression « boit la lumière », elle associe la vue et la gustation.

LA VIOLENCE DU DÉSIR

Pulsion et preuve d'un « amour fou », le désir est souvent intense et violent. Trois procédés en illustrent la force : la brutalité des gestes, l'émoi intérieur et la métaphore animale.

1. Dans *Les Fleurs du mal* (1857), Baudelaire (1821-1867) intitule l'un de ses sonnets « Correspondances », dans lequel il fait se répondre « les parfums, les couleurs et les sons ».

La brutalité des gestes

De tout le recueil, « Pouvoir » (p. 66) est sans doute le poème qui exprime avec le plus de réalisme la force du désir. L'homme s'y empare de la femme comme un chasseur s'emparerait de sa proie : « Il la saisit au vol », « L'empoigne », « La ceinturant de ses bras robustes ». Ces verbes d'action sont autant de verbes d'aimantation et de contrainte. La femme éprouve cette même intensité du désir : « Dévêtue et le front pur », elle « [s]'abat » telle une « hache » (« Les sens », p. 46). Dans « Le don » (p. 26), les mains se tendent, le visage se déforme sous les embrassements. Assimilées à des « rubis » (en raison de la couleur rouge), les lèvres s'entrouvrent et les paupières (assimilées à des « turquoises » en raison du bleu du maquillage) se ferment (« Les sens », p. 46).

> **FOCUS**
>
> **LES SURRÉALISTES ET L'ÉROTISME**
>
> Les surréalistes ont toujours considéré l'érotisme comme un principe de plaisir, de vitalité et de libération (donc de contestation morale et politique). L'érotisme ne s'est toutefois jamais confondu avec le libertinage ou la pornographie, et encore moins avec de quelconques agressions sexuelles. Ni les dessins de Man Ray ni les poèmes d'Éluard ne dégradent l'image de la femme. L'érotisme est comme la passion dont il est inséparable : il est libre, consenti, il est effusion mutuelle (voir la fin de « Femme portative », p. 115).

L'émoi intérieur

À l'affolement, visible, des gestes répond une effervescence, invisible et intérieure. Le pouls s'accélère, le flux sanguin devient plus rapide : il « fait la roue » (« Le don », p. 26). L'image de la roue traduit ces pulsations sanguines, comme si le corps tout entier « batta[it] comme un cœur ». Cet orage, celui ou celle qui en est le champ clos ne le voit évidemment pas, mais le ressent, l'« enten[d] » (« Les sens », p. 46).

La métaphore animale

L'image du « fauve » est l'ultime expression de la violence du désir. Elle apparaît dans « Le désir » (p. 21) : « Jeunesse du fauve/ Bonheur en sang ». Cette métaphore carnassière resurgit dans « La peur » (p. 104) : « Fourrure rouge/Au seuil friand de l'animal/ La proie s'affole ». Elle exprime différemment mais tout aussi clairement ce que « Pouvoir » (p. 66) dit crûment. La quête érotique est une chasse ancestrale, où l'homme et la femme sont tour à tour chasseur et proie.

9 La représentation de la nature

Plusieurs dessins et poèmes représentent ou évoquent la nature. Mais de quelle façon la dépeindre ? Et qu'est-ce que vraiment un paysage ? L'approche d'Éluard est particulière en ce sens qu'il ne s'intéresse pas au paysage pour lui-même. Peindre la nature, c'est pour lui traduire un « état d'âme » et représenter un état mental.

UNE REPRÉSENTATION PARTICULIÈRE DE LA NATURE

Éluard refuse toute description réaliste de la nature. C'est un choix esthétique qui privilégie moins ce qui est objectivement vu que la vision subjective de celui ou celle qui observe.

Le refus du réalisme

Les paysages de Man Ray ne font de la part d'Éluard l'objet d'aucune description. Rien n'est dit des collines de « Fil et aiguille » (p. 12-13), de la côte méditerranéenne (« Le tournant », p. 60-61) ou de « La plage » (p. 84-85). Le ciel des « Nuages dans les mains » (p. 94-95) est-il comme chez Baudelaire « bas et lourd » ? Le village d'« Où se fabriquent les crayons » (p. 118-119) n'est pas davantage décrit. Sa situation au bord d'un lac habité par un monstrueux serpent et son clocher en forme de crayon retiennent pourtant l'attention. En aucun cas Éluard ne se veut paysagiste.

Un refus lié à un choix esthétique

En tant que surréaliste, Éluard considère en effet qu'une description, si détaillée soit-elle, ne peut être que superficielle. C'est s'en tenir aux apparences, à la surface des choses. Pour cela une simple photographie suffit. Le surréalisme assigne à la poésie (comme d'ailleurs à la peinture ou au cinéma) une mission plus haute et plus vaste : celle de rendre visible ce qui échappe à l'œil, de déceler dans le réel (dans ce qui est objectivement vu) ce qui est impalpable, invisible ou mystérieux. Il est dès lors vain et inintéressant de décrire un paysage.

Une manière subjective de voir la nature

La nature n'intéresse donc Éluard que dans le rapport qu'il entretient avec elle. Décrire, c'est évoquer, suggérer, rêver, dévoiler. C'est introduire la subjectivité. À l'origine n'est donc pas l'œil – qui ne fait que voir – mais la pensée qui interprète, la sensibilité qui s'émeut, l'inconscient qui révèle. « Fil et aiguille » (p. 12-13) en fournit une preuve a contrario : la silhouette féminine que dessine le « fil » est vide, « sans corps », elle ne suscite en conséquence aucun souvenir, aucune émotion. Elle « endeuill[e] la vue » : cette cécité empêche toute description.

LA REPRÉSENTATION D'UN ÉTAT D'ÂME

L'introduction de la subjectivité fait de la représentation de la nature un *état d'âme*, tour à tour nostalgique, méditatif ou rêveur.

Une nostalgie des premières amours

Dépeindre la nature, c'est d'abord pour Éluard se souvenir. « Belle main » (p. 68-69) évoque la pureté de la première passion, à l'heure « Où renaissaient toujours/ L'herbe les fleurs des promenades ». « Le temps qu'il faisait le 14 mars » (p. 74-75) développe la symbolique du « printemps », à la fois renaissance de la nature et temps de la jeunesse : « Je me vois moi ma jeunesse/ Parmi les couleurs volatiles/ Des premières végétations ». Ces souvenirs colorent de lyrisme la poésie d'Éluard.

Une méditation poétique

Dépeindre la nature, c'est aussi saisir non plus les sentiments mais les pensées qui envahissent l'observateur. « Des nuages dans les mains » (p. 94-95) rappellent la lecture des *Fleurs du mal* : « Ce désespoir confus », l'évocation d'un inaccessible « orient », le « paradis » qui devient livide. Les neuf premiers vers du poème sont incompréhensibles si l'on ignore ce qu'est le spleen baudelairien. Isolé par un blanc, le dernier vers propose un remède à ce spleen : « l'accord » avec le monde, l'ouverture aux autres, la « confiance » (→ PROBLÉMATIQUE 6). Une route de corniche devient ailleurs une allégorie philosophique : « J'espère/Ce qui m'est interdit » (« Le tournant », p. 60-61).

Une rêverie évanescente

Dépeindre, c'est enfin saisir ce qui est fugitif, ce qui fait perdre à la réalité sa consistance ordinaire. L'œil s'en trouve étonné, presque trompé. C'est en peintre qu'Éluard évoque ce lieu « Sur les rivages de verdure/ Où l'eau devient de la lumière » (« Le temps qu'il faisait le 14 mars », p. 75). Et c'est en dessinateur qu'il trace l'ultime virevolte de la « dernière hirondelle » dans un ciel de lent crépuscule. Le soir tombe : « Bonne nuit à la pensée », conclut-il pour en « [appeler au] silence » (« Où se fabriquent les crayons », p. 119). Rêverie d'endormissement des êtres et de la nature...

LA REPRÉSENTATION D'UN ÉTAT MENTAL

Cet effacement progressif du réel favorise l'émergence d'une autre nature, onirique celle-ci, révélatrice du poète et illustratrice de son art.

Une nature onirique

Plusieurs poèmes entretiennent des rapports étroits avec les rêves ou en sont peut-être directement issus. Le paysage marin de « Paranoïa » (p. 88) en est un exemple. La femme sirène semble poser son pied sur le globe terrestre. Les poissons deviennent des « oiseaux ». « Feu d'artifice » (p. 107) transforme une plante en un bouquet, non pas de fleurs, mais de fusées lumineuses. « L'arbre-rose » (p. 45) n'existe pas plus que la « plante-aux-oiseaux » (p. 79). Une île devient femme dans « La plage » (p. 84). Dans tous ces cas, le réel se déforme et, pour un surréaliste tel qu'Éluard, s'enrichit d'éléments nouveaux.

Une nature révélatrice du poète

Projection de l'inconscient, cette nature onirique constitue moins un paysage qu'un portrait, dans la mesure où elle révèle l'être profond du poète. « L'arbre-rose » (p. 45) est un poème implicitement dédié à la terre-mère : « L'année est bonne la terre enfle ». L'idée qu'un même élan vital anime l'univers et les hommes et que ceux-ci participent de cette vitalité cosmique, constitue l'une des convictions profondes du poète (→ PROBLÉMATIQUE 8). Preuve en est « Plante-aux-oiseaux » (p. 79) qui se présente comme un discours adressé à la « plante ».

Une nature illustratrice d'un art poétique

Cette nature recréée témoigne en définitive des pouvoirs de la poésie. Celle-ci n'est plus la saisie, même déformée, d'un monde extérieur, mais l'évocation d'un monde intérieur. Le poème intitulé « Objets » (p. 29), qui pourtant ne relève en rien de la représentation de la nature, est précisément celui qui définit le mieux cette recréation ou cette voyance : « J'assemble tous les paysages/ J'entre au bois diamant/Le ciel est un aveu ». Ce dernier vers définit un art poétique : celui de la légitimité (reconnue par le mot « aveu ») qui valide toutes les représentations de l'imaginaire. Le poète est l'homme de toutes les créations.

10 Maisons, châteaux : l'architecture en question

Le recueil comprend plusieurs dessins et textes consacrés aux maisons et châteaux. Éluard ne témoigne à leur égard d'aucune admiration. Tout ce qui est pierre semble en effet l'effrayer. Contrairement au cinéma et à la peinture, l'architecture n'est pas un art qu'il apprécie. Elle n'édifie à ses yeux que des lieux anxiogènes[1] et allégoriques. Seules font exception les constructions oniriques[2], comme si les édifices poétiques avaient plus de valeur que les édifices de pierre.

DES LIEUX ANXIOGÈNES

Éluard choisit délibérément de ne voir dans les châteaux, maisons et immeubles que des espaces inquiétants et clos comme des prisons.

Des espaces inquiétants

Man Ray ne légende aucun de ses dessins de châteaux. Les titres des poèmes qu'ils suscitent sont en conséquence ceux d'Éluard. Or tous suggèrent l'inquiétude. Un château d'apparence plus résidentielle que militaire (p. 19) est « abandonné » (p. 18). Pourquoi ? À la suite de quelles circonstances ? Un autre château devant lequel pose un homme en habit de soirée (p. 97) est censé être le « château d'If » (p. 96), célèbre et sinistre prison d'État. Des tours fortifiées (p. 39) deviennent de mystérieuses « tours du silence » (p. 38).

1. *Anxiogène* : qui génère de l'angoisse.
2. *Constructions oniriques* : constructions qu'il peut bâtir en rêve.

Plus généralement, toutes les constructions génèrent de l'angoisse. Avec ses immeubles uniformes, le paysage parisien (p. 81) de « Rêve » (p. 80) est au sens propre un cauchemar. Les persiennes d'une maison sans doute provençale (p. 90) dissimulent quant à elles un « espion » (p. 91). Ancienne ou moderne, l'architecture n'a chez Éluard rien de rassurant ni de séduisant.

Des espaces clos

C'est que toute construction est à sa façon un « château d'If » : elle est un lieu d'enfermement. Éluard inverse la fonction traditionnelle des châteaux et modifie donc le regard que l'on peut porter sur eux. Avec lui, un château fort n'est plus synonyme de protection, de sécurité, mais de repli, de coupure, d'auto-exclusion (p. 19 et 38). L'aristocrate qui pose devant sa demeure est seul, sans amis ni famille (p. 96-97). Même l'hôtel de la Côte d'Azur où le poète retrouve ses amis possède des « murs immondes, verrouillés, intouchables » (« Les amis », p. 120) : non, évidemment, en raison d'un quelconque délabrement, mais parce que tout mur est séparation et isolement. « L'aventure » (p. 33) commence toujours hors les murs. Significativement, la cariatide ne devient libre qu'à l'instant où elle renonce à sa fonction de soutien, où le fronton du temple va s'effondrer.

DES LIEUX ALLÉGORIQUES

Éluard fait de ces espaces des lieux allégoriques : ils sont la métaphore de la solitude et de l'incommunicabilité.

Une métaphore de la solitude

Clos, ces châteaux sont désertés. Le « château d'If » n'est plus qu'une grande maison sonore et vide, décorée de « toiles d'araignée » (p. 96), images de l'abandon et de la décrépitude. Le poème des « tours du silence » (p. 38-39) illustre un dessin où des silhouettes grises se meuvent sur une muraille. Éluard y voit une pétrification déshumanisante. Ces silhouettes n'ont déjà plus de nom. Réduites à des « Ils » sans identité précise, elles n'ont pas davantage de « corps » ni même d'« ombre ». Quand elles seront en plein soleil, elles disparaîtront, deviendront pierres et se confondront avec la muraille. Les châteaux, même fortifiés, ne protègent pas leurs habitants, ils les tuent. Ces « tours du silence » sont des tombeaux.

Une métaphore de l'incommunicabilité

La mort n'y est pas d'abord physique. Dans ces lieux de solitude, le langage n'a plus cours : « La langue partit la première » (« Château abandonné », p. 18). La disparition des mots précède et provoque celle des corps. Après la « langue » s'en vont les « fenêtres ». Images de l'ouverture aux autres et de la communication, elles sont le contraire des murailles. Les deux paysages urbains que sont « Rêve » (p. 80-81) et « La Marseillaise » (p. 100-101) ne sont pas davantage des lieux d'échange. Dans le premier texte, le poète est seul, « Tous les signaux crevés » ; et dans le second, la figure de proue, « Païenne éperdue de tendresse », ne suscite que l'indifférence des matelots (p. 100).

Cette mort du langage symbolise également l'impuissance créatrice du poète. Sans les mots, en effet, il n'est tout simplement plus. Ce n'est pas en restant chez lui, à son bureau, dans sa tour d'ivoire, qu'il retrouvera l'inspiration (→ PROBLÉMATIQUE 13).

DES LIEUX ONIRIQUES

Ce n'est en définitive que dans le rêve et l'imaginaire que maisons et châteaux retrouvent utilité et beauté. L'érotisme peut alors s'y exprimer, s'y déployer sans contrainte et revêtir une valeur proprement révolutionnaire.

Un château érotique

« Les tours d'Éliane » (p. 110-111) appartiennent à l'univers onirique et érotique. Le dessin suggère en effet que les deux tours sont les cuisses d'une femme, lesquelles se devinent d'ailleurs en surimpression. L'entrée du château devient par analogie le sexe de la femme. C'est l'ouverture salvatrice, la « fenêtre au fond d'une mine », l'« espoir insensé » (p. 111). Les deux architectures, celle du château et celle du corps féminin, se confondent. Elles sont promesse d'évasion et d'ascension (→ PROBLÉMATIQUE 10). « Éliane » domine le château de toute sa stature.

Un symbole révolutionnaire

Les deux impressionnants bustes de Sade (p. 124 et 127) appartiennent quant à eux à l'imaginaire de la statuaire : ils n'ont jamais existé. Mais leur valeur est hautement symbolique. Ils se dressent en effet devant la Bastille où, comme l'écrit Éluard, Sade écrivit « presque entièrement son œuvre » (p. 126). Cette œuvre est double : littéraire et politique.

Le second buste fait assister Sade à la prise et à la destruction de la Bastille, qui brûle en arrière-plan. Cette prise, Éluard l'attribue à l'influence de Sade. C'est, commente toujours Éluard, « la disparition d'un monde où la bêtise et la lâcheté entraînent toutes les misères ». La Bastille résume à elle seule ce que sont les châteaux : l'enfermement stupide (sur ces aspects politiques → PROBLÉMATIQUE 12).

11 La « crise de l'objet »

L'ambition du surréalisme est de traquer ce que le réel peut avoir de caché, de dépaysant ou de mystérieux. Or le réel est largement constitué d'objets ordinaires, utilitaires, banals. Se réduisent-ils pour autant à leur fonction et à leur banalité ? Les surréalistes ne le croient pas. Et ne le croyant pas, ils créent ce qu'ils appellent une « crise de l'objet », c'est-à-dire qu'ils le remettent en question. Ils entendent en effet transformer tout objet en œuvre d'art, en révélateur de notre moi et en matérialisation onirique (de nos rêves et de notre imaginaire).

TRANSFORMER TOUT OBJET EN ŒUVRE D'ART

Deux conditions sont nécessaires à cette transformation : détourner l'objet de ses fonctions pratiques et s'affranchir de toute considération esthétique.

En le détournant de ses fonctions pratiques

Les objets dessinés par Man Ray et évoqués par Éluard ne servent volontairement à rien. Leur enlever toute utilité, c'est en effet leur attribuer un aspect étrange, qui du même coup rejaillit sur leur environnement. Le regard que nous portons sur eux n'est plus le même. Qu'est-ce qu'un talon de chaussure sans sa chaussure (« Objets », p. 28) ? Une cale, une petite sculpture, un presse-papiers ? L'imagination devient reine. De là vient l'intérêt des surréalistes pour toutes sortes d'objets : cassés, déformés, retravaillés. Il s'agit d'abord et avant tout de provoquer un dépaysement mental.

En s'affranchissant de toute règle esthétique

Pas plus qu'il ne se définit par un critère d'utilité, l'objet surréaliste ne se définit par un critère esthétique. Peu importe qu'il soit beau ou laid. Il sera de toute façon beau pour les uns et laid pour les autres. Sa vraie beauté ne réside ni dans son aspect extérieur ni dans l'harmonie de ses formes, mais dans le choc qu'il provoque, dans l'intérêt qu'il suscite, dans le mystère qu'il suggère. Plus il diffère de son état ordinaire, plus le choc sera fort et plus l'objet sera beau. L'art des surréalistes se moque des conventions et des règles esthétiques.

FOCUS

LES *READY-MADE* DE MARCEL DUCHAMP

L'expression anglaise *ready-made* signifie « tout fait ». Elle s'applique à des objets manufacturés que l'artiste se contente simplement de signer. Ce geste, naturellement provocant, soulève en réalité une double question : qu'est-ce que l'art ? qu'est-ce qu'un objet ? Le premier à avoir imaginé ces *ready-made* fut le peintre et dessinateur Marcel Duchamp (1887-1968) qui « signa » un porte-bouteilles (1914), une roue de bicyclette (1916) ou même un urinoir (1917) baptisé « Fontaine ».

TRANSFORMER TOUT OBJET EN RÉVÉLATEUR DE NOTRE « MOI »

Certains objets nous sont plus familiers que d'autres : non que nous en fassions un usage plus fréquent, mais parce qu'ils sont associés à des moments particuliers de notre vie. Un lien se tisse en conséquence entre l'objectif (ce que ces objets sont matériellement) et le subjectif (ce que nous sommes). Le réel s'en trouve modifié, enrichi : par la portée symbolique de ces objets, par leur capacité à surprendre, par leur utilisation à contre-emploi.

Par sa portée symbolique

Fils d'une couturière, Éluard ne voit pas dans des ciseaux un banal instrument de découpe, mais l'emblème d'une profession : celui de la confection et des coulisses des défilés de mode (« La couture », p. 116). Un « mannequin » – mot qui désigne à la fois un top-modèle et l'objet en osier servant à l'ajustage et à l'essayage de vêtements – lui rappelle son enfance, son « premier amour [d']écolier » (p. 57).

La symbolique est parfois plus énigmatique. Pourquoi un tissu (une serviette ?), un gant et un entonnoir deviennent-ils sous sa plume « La faim, le froid, la solitude » (« La toile blanche », p. 14-15). Au lecteur de s'interroger, même s'il ne sera jamais certain de trouver la bonne réponse. Ces trois objets prennent en tout cas une soudaine importance.

Par sa capacité à surprendre

D'autres objets offrent un intérêt insoupçonné. C'est le cas des objets brisés, cassés, voués en principe au rebut. Car, pour un surréaliste, un objet qui ne sert plus à quelque chose peut toujours servir à autre chose. Une « glace cassée » (p. 24-25) n'est plus d'aucune utilité : elle n'est que morceaux de verre. Mais elle nous permet paradoxalement de voir le réel d'une autre façon : celui-ci s'y reflète en autant de fragments qu'il y a d'éclats de morceaux de verre. Conserver une telle glace témoigne du désir d'appréhender le réel sous toutes les perspectives possibles.

Par son utilisation à contre-emploi

Sans être cassés ou vétustes, d'autres objets sont volontairement détournés de la fonction pour laquelle ils ont été fabriqués. Dans « Les yeux stériles » (p. 58-59), les lunettes servent... à ne pas voir ! Que signifie donc voir si quand on regarde on ne voit pas ? Ailleurs un « fil » et une « aiguille » ne servent pas à coudre, mais à dessiner une silhouette vide (p. 12-13) : ils servent à évoquer une absence. Un « pinceau » est vu et utilisé comme une

« brosse à cheveux » (p. 108-109). Un masque sert en principe à dissimuler son visage. Mais quand il n'y a plus de visage, c'est le masque qui devient visage, c'est donc lui qui montre ce qu'il était censé cacher (« Narcisse », p. 36-37). Voilà qui pour le moins étonne et peut même procurer un certain vertige.

DES MATÉRIALISATIONS ONIRIQUES

Il est enfin d'autres objets qui sont totalement inventés ou complètement imaginaires, ou qui, sous forme de collages, créent un univers entièrement subjectif.

Sous forme d'objets inventés à partir d'éléments réels

« Le sablier compte-fils » (p. 76-77) en est l'exemple type. Il est inventé parce qu'il n'existe pas. Mais chacun des éléments qui le composent – le « sablier » d'un côté et le « compte-fils » de l'autre – existe bel et bien. Cet objet bizarre, inédit, mesure le temps qu'il faudra pour que le vêtement de la jeune femme soit entièrement détricoté. Le fantasme érotique est évident.

Le clocher en forme de crayon obéit aux mêmes considérations (p. 118-119). Les clochers existent, les crayons également, mais non le clocher-crayon. Dans la mesure où ce crayon peut s'apparenter à un phallus, l'intention anticléricale et érotique est patente.

Sous forme d'objets imaginaires, issus du monde des rêves

À la différence des objets inventés, les objets imaginaires ne possèdent aucune parcelle de réalité : tel est le cas de la « Femme portative » (p. 114-115). L'adjectif « portative » la ravale d'autant plus au rang d'objet que tout son corps est composé d'assiettes. Elle est un objet fait d'objets, une sorte de leurre ou de jouet sexuel, qui indigne Éluard.

Sous forme de collages

Le collage est une technique pratiquée par de nombreux peintres surréalistes (Max Ernst par exemple). Elle consiste à faire coexister sur une toile ou un panneau des éléments figuratifs (concrets) sans le moindre souci logique, rationnel ou esthétique. « Objets » (p. 28-29) relève de cette technique : le dessin est un amas hétéroclite, qui forme un paysage totalement sorti de l'imagination de Man Ray. Éluard le commente ainsi : « J'assemble tous les paysages ». Le verbe *assembler* convient aux collages. Éluard y voit le triomphe de l'irrationnel, de ce que les surréalistes appellent souvent le « merveilleux ».

12 Poésie et politique

La poésie d'Éluard a partie liée avec la politique. Non pas tant parce qu'Éluard fut un membre actif du Parti communiste ni même parce qu'il organisa durant la Seconde Guerre mondiale la résistance des intellectuels contre le régime nazi (→ PROBLÉMATIQUE 1), mais parce que c'est la poésie telle qu'il la conçoit qui est par nature politique. Mouvement artistique, le surréalisme est un mouvement révolutionnaire : dans sa revendication d'une absolue liberté ; dans sa dénonciation de la société bourgeoise et capitaliste ; dans les armes subversives qu'il privilégie.

LA REVENDICATION D'UNE LIBERTÉ ABSOLUE

L'émancipation et la révolte sont les deux aspects complémentaires de l'aspiration à la liberté la plus totale.

S'émanciper de toutes les contraintes

Le recueil *Les Mains libres* est un appel à se libérer des carcans, règles et normes de toutes sortes et dans tous les domaines :
– se libérer des contraintes religieuses : en affirmant que « La nue [le ciel] fantastique est d'ici [ici-bas] », le distique de « Feu d'artifice » (p. 107) est une proclamation d'athéisme ;
– se libérer des contraintes morales : en déclarant espérer « Ce qui [lui] est interdit », « Le tournant » (p. 61) est un refus de tous les tabous ;
– se libérer des contraintes artistiques : « Nu » (p. 62) veut en finir avec les bienséances esthétiques, qui ne sont que l'expression de préjugés ;

– se libérer, enfin, des contraintes nées du rationalisme : l'emphase avec laquelle « Oui ou non » (p. 99) évoque « Les grandes orgues de la raison » prend une valeur péjorative, dénonciatrice.

Au total, il n'est aucune règle qui subsiste. Au principe de réalité, Éluard oppose systématiquement le principe de plaisir et les droits de l'imaginaire.

Se révolter contre l'ordre établi

Cette volonté émancipatrice se double d'un clair appel à la révolte. La première partie du recueil se clôt significativement sur « La liberté » (p. 70-71). Le dessin de Man Ray représente une jeune femme brandissant l'étendard de la révolte à la fois contre le ciel (les dieux) et les châteaux (les puissants). La seconde partie se prolonge par un double hommage à Sade, dont Éluard souligne la portée révolutionnaire de l'œuvre (p. 126). Chacune de ces deux parties contient en outre un poème de révolte : « L'aventure » (p. 32-33) incite à « romp[re] les digues », à s'échapper des « processions du temps » (des habitudes et convenances) ; et « Oui ou non » (p. 99) célèbre les « bijoux tournoyants de la rébellion/ De tes refus/ De ta force future ».

Enfin, comment oublier que le titre même du recueil est une proclamation d'indépendance en même temps qu'un acte de résistance : *Les Mains libres* ?

LA DÉNONCIATION DE LA SOCIÉTÉ CAPITALISTE

La revendication de liberté s'accompagne d'une dénonciation des classes dominantes et de l'exploitation sociale.

Contre les classes dominantes

« Les tours du silence » (p. 38-39) sont celles d'un château fort, image de la puissance militaire. Le « château abandonné » (p. 18-19) est une résidence seigneuriale. Le « château d'If »

(p. 96-97) symbolise le pouvoir répressif de l'État, lui-même incarné par l'aristocrate (ou le riche bourgeois) rajustant son nœud papillon devant les sinistres murailles. Éluard les voue tous à l'abandon ou à la destruction (→ PROBLÉMATIQUE 10). Quant à la Bastille dessinée en arrière-plan de la statue de Sade, elle est prise d'assaut et brûle (p. 126).

« La couture » (p. 116) s'en prend au monde de l'argent : d'un côté, la beauté d'un défilé de mode, cette « Collection des bonheurs des goûts et des couleurs » ; de l'autre, l'assistance triée pour sa richesse et qui est comparée à une exposition de chiens « Domestiqués couchants ergotés enragés ». Le contraste est saisissant.

Contre l'exploitation sociale

Partisan de la plus complète liberté de mœurs, Éluard condamne toute forme de prostitution, parce qu'elle n'est jamais un choix mais toujours un pis-aller imposé par les conditions économiques. Le poème « J. » (p. 40-41) le dit et le dessin de Man Ray le montre. Dans l'expression : « Elle se forge son travail », le verbe *se forger* suggère souffrance et pénibilité. L'horloge, quant à elle, mesure le temps imparti à chaque client.

Sur un mode plus humoristique, proche de la dérision dadaïste (→ PROBLÉMATIQUE 10), le poème « Brosse à cheveux » (p. 108-109) critique le conditionnement que la publicité cherche à imposer : « L'affiche disait méfiez-vous/Des teintures idéales/Et l'on allait répétant/Prenez exemple sur moi ».

LES ARMES DU COMBAT POLITIQUE

C'est en définitive à une révolution qu'appelle le surréalisme. Comme nombre de ses amis, Éluard l'identifie à la révolution marxiste – quelles qu'aient été par ailleurs les dissensions entre le Parti et les surréalistes (→ PROBLÉMATIQUE 12). Deux armes sont privilégiées pour en hâter l'avènement : la subjectivité et le langage poétique.

FOCUS

POÉSIE ET POLITIQUE SELON ÉLUARD

Lors d'une conférence qu'il prononce à Londres le 24 juin 1936 et qu'il intitule *L'Évidence poétique*, Éluard définit les rapports qu'il établit entre la poésie et la politique :
« C'est ce bien, c'est ce beau asservis aux idées de propriété, de famille, de religion, de patrie, que nous combattons ensemble. Les poètes dignes de ce nom refusent, comme les prolétaires, d'être exploités. La poésie véritable est incluse dans tout ce qui ne se conforme pas à cette morale qui, pour maintenir son ordre, son prestige, ne sait construire que des banques, des casernes, des prisons, des églises, des bordels. [...] Elle est aussi bien dans l'œuvre de Sade, de Marx ou de Picasso que dans celle de Rimbaud, de Lautréamont ou de Freud. » (Éluard, *Œuvres complètes,* Gallimard, Bibliothèque de la Pleiade, t. I, p. 520-521.)

La subversion par la subjectivité

Pour Éluard comme pour tous les surréalistes, la répression qu'exerce l'ordre établi est d'abord est mentale et affective. Elle vise en effet à déconsidérer le monde onirique en lui déniant tout sens et toute fonction. Elle considère le désir sexuel comme un scandale, qu'il faut taire ou, à défaut, enserrer dans des limites étroites. Tout ce qui contribue à valoriser le désir, à réhabiliter l'inconscient participe donc du combat politique. Le distique final de « Nu » (p. 62) le reconnaît à sa façon : « Au pays des figures humaines/On s'apprête à briser ta statue ridicule », la « statue » en question relevant à la fois de l'éthique et de l'esthétique. L'érotisme qui imprègne largement le recueil devient subversion (→ PROBLÉMATIQUE 12). Plus généralement, tout ce qui libère la subjectivité, quelles qu'en soient les formes, devient contestation de la société qui ne redoute rien tant que l'imaginaire et le sexe.

La révolution par le langage poétique

Cette libération de la subjectivité, seul le langage poétique peut la réaliser (→ PROBLÉMATIQUE 6). L'image poétique peut même se penser comme une anticipation révolutionnaire. Elle réside en effet dans l'émergence d'une réalité nouvelle, que fait naître le rapprochement de deux éléments les plus éloignés possible l'un de l'autre. Elle nie les contradictions qu'elle s'applique au contraire à dépasser. Le réel ne s'oppose alors plus à l'irréel, et pas davantage l'objectif au subjectif. C'est préfigurer l'alliance du principe de réalité et du principe de plaisir.

13 La figure du poète

Les Mains libres sont à leur façon un autoportrait d'Éluard. Directement ou indirectement, en exprimant ses joies, ses peurs, ses espoirs et parfois ses indignations, Éluard se dépeint. Et en se dépeignant, il esquisse la figure du poète. Celui-ci se définit comme le chantre de la passion amoureuse, se voit en homme pleinement homme, partageant avec tout un chacun l'humaine condition. Seule l'utilisation qu'il fait du langage le distingue : c'est un magicien des mots.

LE CHANTRE DE LA PASSION AMOUREUSE

Le poète se présente d'abord comme un être de passion qui, pour cette raison même, est un amoureux anxieux.

Un être de passion

Si Gala, sa première femme, lui a inspiré *Facile* (1929), Nusch, sa deuxième épouse, lui inspire *Les Mains libres*. Le recueil est une célébration de cette femme aimée et, à travers elle, de la femme aimée. L'amour est à l'origine des plus beaux poèmes lyriques qu'il contient, comme « Le temps qu'il faisait le 14 mars » (p. 75) ou « Belle main » (p. 69).

L'érotisme prend même une signification morale, philosophique, en se confondant avec les forces vitales de l'univers. « Une bouche autour de laquelle la terre tourne », écrit Éluard (préface, p. 9) : le monde n'a de consistance, de réalité et de mystère que dans et par l'amour. Lui-même ne conçoit tout simplement pas de vivre sans amour : « Si ce que j'aime m'est accordé/ Je suis sauvé » (« Femme portative », p. 115). La femme est la rédemptrice par excellence (→ PROBLÉMATIQUE 7).

Un amoureux anxieux

Ce besoin éperdu d'aimer a l'angoisse pour contrepartie. S'il émerveille, l'amour inquiète. Par sa nature même d'abord : « J'ai si souvent senti que j'étais partagé/Femme habillée et mâle dépouillé/Que je ne sais si j'aime ou si je suis aimé » (« L'apparition », p. 103). Plus terrible encore que cette incertitude est la peur de la solitude : « Rêve » (p. 80), « Solitaire » (p. 49), « L'attente » (p. 92) ou « L'angoisse et l'inquiétude » (p. 34) expriment tous, chacun à leur manière, cette peur.

La peur se double de la crainte d'être victime d'un faux amour (« Narcisse », p. 37) ou des pièges de la passion. À l'extase célébrée dans « Le don » (p. 26) s'oppose en effet l'« ennui » évoqué dans « La peur » (p. 104). À la surprise de « L'évidence » (p. 17) font contrepoint les obstacles accumulés dans « C'est elle » (p. 22). Chez Éluard, la crainte de tout perdre gît jusque dans la possession. Le désespoir n'est jamais très loin du bonheur.

UN HOMME PLEINEMENT HOMME

Contrairement à la conception du poète mage développée au XIXe siècle par les romantiques, le poète surréaliste se veut homme au milieu des autres hommes. Comme tout un chacun, il est sensible à l'amitié et à la beauté du monde.

Sensible à l'amitié

Le recueil contient de beaux éloges de l'amitié. « Avignon » (p. 87) rappelle les liens qui ont uni Éluard et Breton au poète René Char (1907-1988) : « Nous avions hâte d'arriver à l'Isle-sur-Sorgue/Où René Char nous attendait ». Cette « hâte » vaut hommage.

Le dernier poème du recueil s'intitule précisément « Les amis » (p. 120). La qualité de leur entente s'exprime indirectement par la description lumineuse et fraîche du cadre dans lequel ces « amis » vivaient, comme si leurs sentiments rejaillissaient sur le décor : « Voici le liseron, la capucine, le volubilis, frais échappés d'un déjeuner de soleil, de beaux cuirs usés, des fourrures animées, des étoffes à reflet [...] » De ces « amis », l'album sur lequel se clôt le recueil contient les « portraits » (p. 131-136)[1].

Sensible malgré tout à la beauté du monde

« L'aventure » (p. 33) s'achève sur un souhait qui est aussi une promesse : « Que fleurisse ton œil/Lumière ». « L'arbre-rose » (p. 45) se clôt sur l'image d'une fécondité ; « Le mannequin » (p. 57) sur le souvenir d'un « premier amour d'écolier ». « Le tournant » (p. 61) est espoir d'affranchissement ; « La liberté » (p. 70) est d'une « sublime » et aérienne légèreté. Nombreux sont les poèmes optimistes de la première partie.

La seconde en contient aussi de nombreux. Pour reprendre une formule qu'il affectionnait, Éluard croit en « l'honneur de vivre ». Il n'en ignore aucune des difficultés, comme en témoigne par exemple « La couture » (p. 116). Mais il s'efforce de saisir ce que le monde offre présentement de beauté, de liberté, comme dans le vers final de « Des nuages dans les mains » (p. 95), dans « Feu d'artifice » (p. 107) ou dans « Où se fabriquent les crayons » (p. 119).

UN MAGICIEN DU LANGAGE

S'il appartient à l'humaine condition, le poète se distingue toutefois des autres hommes par son amour de la langue, qui lui confère les pouvoirs d'un créateur qu'aucun dogme ni code ne peuvent limiter.

L'amoureux de la langue

Autant que de la femme, le poète est amoureux des mots. Pour l'auteur de *L'Amour, la poésie* (1929), il n'y a d'ailleurs pas de contradiction entre les deux réalités, bien au contraire. Il n'y a

1. Pour plus de détails, voir plus haut, p. 49.

pas pour Éluard de poésie possible sans amour ni d'amour sans poésie. Les mots servent en effet à chanter le présent mais aussi à conserver le passé et parfois à s'en accommoder. Que faire d'un premier amour révolu, de ce « soleil qui gémit », qui refuse de « vieillir », dont la pureté et la jeunesse restent comme une morsure nostalgique ? Lui « inventer » un « tombeau », « Passionnément/ Avec des mots » (« Belle main », p. 69). Leur « pouvoir » (p. 66) est tel, leur capacité à créer est telle qu'ils suscitent chez le poète un certain « vertige ». Les mots – ceux du langage poétique s'entend – sont tout. Car, quand « la langue » s'en va, il ne reste plus que la mort qui repose « Sur le silence et sur l'obscurité » (« Château abandonné », p. 18 et → PROBLÉMATIQUE 6).

Un créateur audacieux

Dans cet univers du langage, le poète ignore les craintes de l'amoureux. Fort du pouvoir des mots, il réorganise le monde à sa façon ou selon son désir. Il aime à en modifier les perspectives, comme dans « La glace cassée » (p. 25) quand l'horizontalité devient verticalité. Tel un peintre devant sa toile, il « assemble » à son gré « tous les paysages » sur sa feuille comme dans « Objets » (p. 29). Il invente un « sablier compte-fils » (p. 76), une « plante-aux-oiseaux » (p. 79).

Créateur d'un autre monde, il se fait explorateur et visionnaire quand il s'engage sur les voies de l'inconscient (« Rêve », p. 80 ; « Femme portative », p. 115). Au réel, plat et superficiel, il préfère le monde infiniment plus riche de l'illusion (« Au bal Tabarin », p. 112). Il voit et donc fait voir ce que les autres ne perçoivent pas immédiatement, ou ne perçoivent jamais. Le poète surréaliste use de son don de voyance (« Les yeux stériles », p. 58 ; « La Marseillaise », p. 100 et → PROBLÉMATIQUE 6).

14 La symbolique des mains

Les Mains libres se présentent comme un ouvrage composé à quatre mains. Man Ray dessine en outre de nombreuses mains, ouvertes, fermées, jointes, occupées ou inactives, coupées et solitaires, tendues et offertes. De son côté, Éluard parle souvent des mains, il leur consacre même plusieurs poèmes.

Celles-ci constituent donc un motif récurrent du recueil. Leur valeur symbolique n'en revêt que plus d'importance. Les mains sont en effet une triple métaphore : artistique, humaine et philosophique.

UNE MÉTAPHORE ARTISTIQUE

Les mains sont d'abord l'outil premier de l'activité artistique. En tant que telles, elles sont un outil de la liberté et de la toute-puissance.

L'outil de la liberté

Pour Man Ray qui dessine comme pour Éluard qui écrit, les mains sont l'instrument indispensable à la pratique de leur art. *Les Mains libres* : le titre du recueil leur rend en quelque sorte hommage. L'adjectif qualificatif « libres » en définit la caractéristique principale.

Cette liberté doit s'entendre de deux façons : elle est celle des deux auteurs, restés chacun de leur côté maîtres de leur choix ; et elle est celles des mains qui vont parfois à leur guise. Non sans humour, Éluard choisit de titrer l'un de ses poèmes « Les mains libres », au regard d'un dessin qui n'est qu'un écheveau de lignes sans signification (p. 42-43). Leur liberté est telle qu'elles peuvent s'aventurer dans tous les domaines, même celui de l'incohérent et de l'absurde (→ PROBLÉMATIQUES 1 et 2).

L'outil de la toute-puissance

Éluard en éprouve parfois un certain malaise. « Pouvoir » (p. 66-67) est l'un des rares poèmes à décrire précisément un dessin de Man Ray. Le quatrain évoque la force physique, brutale, de la main : elle « empoigne par le milieu du corps » une jeune femme nue ; elle la ceinture « de ses doigts robustes ». Le tercet traite de la capacité créatrice de « la main dominante » qui « Couvre toutes les distances/Sans plus bouger que sa proie ».

Dans les deux cas le « vertige » qu'éprouve Éluard est identique : né ici du désir et là de l'écriture. La main qui dessine ou qui écrit ne bouge guère sur la feuille de papier mais à l'intérieur du cadre étroit de cette feuille, elle peut jongler avec le temps, avec l'espace.

UNE MÉTAPHORE DES RAPPORTS HUMAINS

Pour qui n'est pas artiste, dessinateur ou poète (ou sculpteur ou peintre), les mains expriment les émotions, soulignent nos relations avec autrui : ne dit-on pas « parler avec ses mains » ? Elles sont l'image du désir, de l'entente, mais aussi de la désespérance.

Une image du désir

Les mains sont d'abord sensuelles. Elles se tendent vers le visage aimé dans « L'évidence » (p. 16-17). Elles retiennent par les cheveux la femme convoitée dans « Le désir » (p. 20-21). Elles caressent des fruits, images eux-mêmes des seins, dans « Main et fruits » (p. 54-55). Elles se crispent sous l'intensité du plaisir dans « Les sens » (p. 46-47).

L'érotisme qui imprègne ainsi le recueil privilégie le toucher. « Nu » (p. 62-63) en apporte a contrario la preuve. La femme asexuée qui est représentée est sans main dans le poème et embarrassée de ses bras dans le dessin (→ PROBLÉMATIQUE 8).

Une image de l'entente

Quand elles ne désirent pas, les mains accueillent, reçoivent ou donnent. « Le mannequin » (p. 56-57) tient les siennes bien droites, à hauteur de sa poitrine, paumes ouvertes l'une en face de l'autre, comme si elles tenaient une « guirlande » : elles sont comme un « Petit pont de perfection ». L'image du « pont » est celle du lien entre des souvenirs, entre Éluard enfant et le poète adulte, et plus généralement entre les êtres.

« Belle main » (p. 68-69) évoque d'anciennes et amoureuses promenades, « ma main » dans « tes mains ». Les deux mains qui soutiennent la tête levée vers le ciel de la jeune femme dans « Le temps qu'il faisait le 14 mars » (p. 74-75) traduisent l'espérance : « J'attends la venue du printemps ».

Une image de la désespérance

Certaines mains illustrent toutefois le contraire. Tantôt il s'agit de mains étrangement coupées (ou de gants qui en sont le substitut) qui ne se rejoignent pas : elles symbolisent la « solitude » (« La toile blanche », p. 14-15) ou suscitent « l'angoisse et l'inquiétude » (dans le poème du même nom, p. 34-35).

Tantôt il s'agit de mains qui s'occupent à tromper à la fois le temps et l'espérance : deux mains jouent ainsi au « solitaire » (p. 48-49) et deux autres tiennent entre leurs doigts une toile d'araignée (« L'attente », p. 92-93). Devant la prison du « château d'If » (p. 96-97), l'homme peut bien ajuster son nœud papillon, ses deux mains n'enserrent qu'un morceau de tissu (→ PROBLÉMATIQUE 10).

UNE MÉTAPHORE PHILOSOPHIQUE

Parce qu'elles permettent de communiquer, les mains peuvent enfin illustrer, concrétiser une attitude philosophique. En tenant le réel à distance, elles sont un moyen d'accéder au surréel. Elles deviennent alors le réceptacle symbolique du monde.

Un moyen d'accès au surréel

Le dessin qui accompagne « L'aventure » (p. 32-33) campe la femme-cariatide tournant le dos à la plaine et à la ville que l'on devine dans le lointain[1]. Sa main et son avant-bras gauches masquent son regard. Éluard la conseille : « Répands tes mains/ Sur un visage sans raison ». Cet aveuglement volontaire est symbolique de l'« aventure » surréaliste : oublier le réel et sa rassurante et fausse rationalité pour mieux pénétrer dans des terres intérieures, par définition inconnues : « Connais ce qui n'est pas à ton image ». Le poème se clôt sur le mot « Lumière ». Celle-ci récompense le téméraire ou l'audacieuse qui, paradoxalement, sait s'aveugler pour mieux *voir*. La main, lá simple main permet d'accéder à cet autre monde.

Le réceptacle du monde

Le dessin et le poème de « Des nuages dans les mains » (p. 94-95) relèvent d'une autre signification. Paumes largement ouvertes, retournées vers le ciel, les mains semblent recueillir les nuages. C'est un geste de communion avec le monde. Il est en contradiction totale avec les neuf premiers vers du poème, marqués par la nostalgie et le spleen baudelairien (➾ PROBLÉMATIQUE 19). Mais il est en accord avec le dixième et dernier vers, significativement isolé des neuf premiers : « Le remède miracle accord cadeau confiance ». C'est définir une manière de penser le monde, en même temps qu'une éthique (un système de valeurs). « Remède miracle » : l'expression a quelque chose de magique ou de merveilleux.

La poésie surréaliste n'est pas mépris du monde, elle est tout au contraire exploration de ses richesses. Les mains sont faites pour participer à la célébration des retrouvailles de l'homme et de l'univers.

1. Pour plus de détails, voir plus haut p. 21.

15 Le traitement du temps

Dessiner, écrire, aimer s'inscrivent dans le temps, comme toutes les activités, comme tous les sentiments et émotions. Le rapport au temps est une donnée fondamentale de toute existence. Éluard et Man Ray témoignent pourtant d'une forte indifférence à tout ce qui de près ou de loin relève des dates. C'est qu'ils voient dans le temps, non un sujet de réflexion philosophique ou scientifique, mais un réservoir d'images poétiques. La durée les intéresse moins que l'instant.

UNE INDIFFÉRENCE AUX MARQUES TEMPORELLES

Avec ses divisions en jours, en semaines, en mois, et l'organisation que ces divisions impliquent, avec ses heures et ses horaires, le temps, tel que chacun peut le vivre, est source de contraintes. Rien n'est plus étranger à la démarche surréaliste. Preuve en est la chronologie volontairement floue de la constitution du recueil, ainsi que l'absence fréquente de références temporelles dans les poèmes eux-mêmes.

Un recueil à la chronologie floue

Certains dessins sont précisément datés, tels « J. » (p. 40) daté du « 3 septembre 1936 » ou « Rêve » (p. 80) du 11 novembre 1936. D'autres ne mentionnent que les millésimes de 1936 ou 1937. D'autres enfin ne comportent aucune indication temporelle.

Quant aux poèmes d'Éluard, aucun d'entre eux n'est daté. Pour tenter d'établir, même approximativement, leur date de composition, il faut se reporter à des documents biographiques. Ainsi Éluard écrit-il à Gala à la mi-février 1937 : « J'ai fait 40 poèmes pour illustrer les dessins de Man Ray », sans plus de précision sur ces poèmes. *Les Mains libres* ayant paru le 10 novembre 1937, on peut considérer que le recueil, textes et dessins, a été composé entre février 1936 (date la plus ancienne, mentionnée par Man Ray) et septembre-octobre 1937.

Une chronologie interne au recueil souvent absente

Les poèmes eux-mêmes ne renferment que peu d'indications temporelles. Seuls deux en contiennent : « Le temps qu'il faisait le 14 mars » (p. 75) et « Feu d'artifice » (p. 107), référence probable au 14 juillet. Aucune datation ne figure dans les autres textes. « Avignon I » (p. 87) explique même un rendez-vous manqué par « Le calendrier aboli », sans plus de détail. La formule est révélatrice de la manière dont Éluard aborde le traitement du temps : non pas de manière objective, mais de façon subjective. Le temps n'est pas affaire de jour, de mois ou d'année, mais de souvenirs, d'émotions ou de symboles. C'est un traitement poétique.

UN RÉSERVOIR D'IMAGES

Les notations temporelles ont en effet souvent valeur d'images. L'opposition du jour et de la nuit est presque exclusivement métaphorique. Le cycle naturel des saisons l'est tout autant.

Les métaphores du jour et de la nuit

Chez l'insomniaque qu'était Éluard, la nuit est l'expression de la tristesse ou de l'angoisse. « Je me mêle à la nuit », se désespère-t-il dans « Solitaire » (p. 49). « Des nuages dans les mains » (p. 95) évoquent une maussade « nuit de pluie ». Le crépuscule est le « moment du déclin » dans « Plante-aux-oiseaux » (p. 79). Seuls fait exception « Où se fabriquent les crayons » (p. 119), où le soir annonce l'endormissement paisible de la nature.

À l'inverse le jour est éclat, bonheur et couleurs. C'est en peintre qu'Éluard décrit les « belles variétés de jour » qui « Cultivent ce monde durable » (« Le sablier compte-fils », p. 76). L'aube s'identifie au « premier jour clair » (p. 79). Substitut du jour, le soleil est, lui, chaleur, désir et amour, comme dans « Le don » (p. 26) : « Elle est le plein soleil sous mes paupières closes ».

Saisons de la nature, saisons de la vie

Depuis l'Antiquité, le cycle des saisons symbolise les différentes étapes de la vie : le printemps, l'enfance ; l'été, la jeunesse ; l'automne, la maturité ; et l'hiver, la vieillesse. Éluard réutilise cette symbolique, tout en la revivifiant.

Dans « Le temps qu'il faisait le 14 mars » (p. 75), les fraîcheurs sensorielles ressuscitent des souvenirs d'enfance : « Je me vois moi ma jeunesse/ Parmi les couleurs volatiles/Des premières végétations ». « La plage » (p. 84) associe l'été à la jeunesse des corps, à la « nudité tendre/De ciel et d'eau d'air et de sable ». Dans « L'arbre-rose » (p. 45), « l'année est bonne la terre enfle » d'une fécondité estivale. « Un vent doux » de fin d'été ressuscite des errances enfantines (« Main et fruits », p. 54). L'hiver, lui, n'est jamais évoqué, car trop contraire au lyrisme érotique du recueil (→ PROBLÉMATIQUES 7 et 8).

L'INSTANT CONTRE LA DURÉE

Si la chronologie permet d'appréhender le temps, elle ne suffit pourtant pas à le définir. Car le temps n'est pas seulement une succession de dates ou d'époques, il est aussi un écoulement continu. Cette durée est ressentie négativement par Éluard qui préfère célébrer la magie de l'instant.

La durée, synonyme de répétition ou d'ennui

« Sans fin donner naissance/ À des passions sans corps » (« Fil et aiguille », p. 13) : ces deux premiers vers du premier poème du recueil dénient toute valeur à la durée, assimilée à de la monotonie.

L'image des « processions des temps » (« L'aventure », p. 33) suggère l'idée d'un lent défilé sans intérêt.

D'une manière plus générale, la durée est associée à la vétusté et à la décrépitude. Les « toiles d'araignées » en sont l'illustration aussi concrète que frappante. À force d'espérer tenir le visage aimé entre ses mains, une araignée a tissé sa toile entre les doigts de ces mains vainement ouvertes (« L'attente », p. 92). Le séculaire « château d'If » ne résonne plus que d'échos « décorés/ De toiles d'araignée » (p. 96).

Comme tous les surréalistes, Éluard est trop attentif à saisir l'irruption du merveilleux, du rêve ou d'une émotion pour accorder le moindre intérêt à ce qui dure. Tout ce qui relève de la permanence ou du monde ancien l'indiffère ou le révolte (« Nu », p. 62).

L'instant, révélation et célébration

L'instant requiert en revanche toute son attention : non pas n'importe quel instant, mais celui où quelque chose d'important se joue. La femme-cariatide de « L'aventure » (p. 33) joue la qualité de son existence : « Prends garde c'est l'instant où se rompent les digues/C'est l'instant échappé aux processions du temps ». Dans une belle antithèse, Éluard oppose « l'aurore », promesse d'un monde nouveau, à la « naissance », d'ordre purement temporel. « Les sens » (p. 46) saisissent le moment où le désir bouleverse le corps : « Tu t'abats comme une hache/ Étincelante [...] ». « La Marseillaise » (p. 100) évoque « La clé de voûte ce silence/Pendant qu'elle ouvre son corsage ».

Parce qu'il est potentiellement porteur d'inattendu, de surprise, de révélation, Éluard entreprend de célébrer l'instant. Combien de temps dure le geste de tendre la main ? Fort peu, assurément. Or, dit le poète, « Il y a plus de merveilles dans une main tendue » que dans tout ce qui peut séparer (préface, p. 9). Au lecteur, à chacun de savoir saisir la beauté de l'éphémère.

16 Les jeux du réel et de l'imaginaire

Le surréalisme tient le réel à distance. Il implique par définition l'existence d'un surréel plus vaste et plus profond que le réel. Il considère le réel comme superficiel, desséchant, trop soumis à la plate raison logique, incomplet et, de ce fait, trompeur. Ses fausses apparences sont en effet nombreuses, surtout quand on le compare aux prestiges de l'imaginaire.

LES FAUSSES APPARENCES DU RÉEL

Le réel est le monde des illusions, des erreurs et des mensonges. Les leurres existent dans tous les domaines : physique, affectif et intellectuel.

Les leurres physiques

Une femme nue, sans tête, tient dans sa main droite le masque qui lui sert de visage : ce dessin de Man Ray inspire à Éluard le poème de « Narcisse » (p. 36-37). Cette décapitation qui sépare le visage du corps illustre le thème du dédoublement. Le masque est-il le vrai visage ? Ou bien le vrai visage n'est-il qu'un masque ? Les apparences deviennent incertaines, trompeuses. Éluard l'exprime à sa façon en recourant à la légende de Narcisse, mort d'avoir voulu saisir son image[1]. Le tercet est lui-même un faux-semblant : les trois vers ne forment en réalité qu'un alexandrin, sectionné en trois parties.

1. Sur Narcisse, voir plus haut p. 22-23.

D'une autre façon, inverse et plus agréable, « Le mannequin » (p. 56-57) joue avec le réel. Le buste dessiné est en osier, sur lequel la couturière a commencé d'essayer son patron. Mais le visage est celui d'un gracieux top-modèle. Du buste ou du visage, qu'est-ce donc qui importe le plus ? La « guirlande » ou le « Premier amour de l'écolier » ?

Les leurres affectifs

Comme les apparences, les sentiments peuvent égarer ou tromper. Tantôt c'est l'autre qui induit en erreur : « Terrestre dérision la femme/ Quand son cœur est ailleurs », commente Éluard (« Femme portative », p. 115). Tantôt on se trompe soi-même. La femme de « C'est elle » (p. 22-23) caresse – caresse qui exactement ? Une statue, symbole ordinaire de froideur et d'indifférence. Mais cette statue est ambiguë : avec son visage d'homme et sa poitrine féminine, elle est hermaphrodite. Il est vrai que la femme paraît aveugle et ne peut donc s'en apercevoir. Cette cécité est celle du désir poussé à son paroxysme qui, faute de pouvoir se fixer, se trompe lui-même. L'anaphore « C'est elle », reprise six fois, traduit cette exacerbation du désir qui, cherchant partout où s'arrêter, ne parvient jamais à le faire.

Qui trompe qui dans « La peur » (p. 104-105) ? Le fauve qui étend sa main menaçante sur sa proie ? Ou la proie qui feint la peur pour finalement ne laisser voir que son ennui ?

Les leurres intellectuels

Enfin les certitudes peuvent tromper ceux qui en sont pénétrés. La femme asexuée de « Nu » (p. 62-63) se prend pour un modèle de vertu et de beauté. Elle en possède l'« assurance » et les « ressources ». Même ses « belles larmes » participent de son image avantageuse. Tout à l'inverse de ce qu'elle prétend être, elle n'est pourtant que « ridicule », vouée non pas à l'admiration des « figures humaines », mais à une mort prochaine.

L'aristocrate ou le grand seigneur qui pose devant le « château d'If » (p. 96-97) s'illusionne lui aussi sur ce qu'il est et possède : une « belle voix » et une « grande maison ». Il n'est en réalité que vacuité et vanité, représentant d'un monde ancien dont les « toiles d'araignée » sont le dérisoire étendard.

LES PRESTIGES DE L'IMAGINAIRE

L'imaginaire déploie en revanche ses fastes et devient vrai, en tout cas plus riche que le réel. Le spectacle offre de merveilleuses illusions, le fantastique recèle d'innombrables attraits et l'art en général d'infinies vérités.

Les illusions merveilleuses du spectacle

« Au bal Tabarin » (p. 112-113) est le seul poème consacré au monde du spectacle[1]. Celui-ci est par définition une fiction : rien de ce qu'on y voit n'est vrai, c'est tout au plus vraisemblable. Man Ray en suggère l'aspect ludique par une planche fonctionnant comme un collage[2], où il juxtapose et superpose différentes séquences : danse, théâtre, acrobaties. Éluard choisit de n'en retenir que la féerie. Contraire à la logique et à la vraisemblance, la fantaisie règne en maîtresse absolue : « La source jaillit de la mer/ La lumière du rideau noir ». Le temps et l'espace n'obéissent plus à aucune loi : ils se dilatent ou se resserrent à volonté. L'actrice n'est plus elle-même : « As-tu fleurs et fruits en tête/Ou n'es-tu que leur reflet ». La représentation est le temps du mirage et des mirages, même si dans le quintil final Éluard s'amuse à détruire cette illusion qu'il vient de vanter : « Coiffée de nuit/Garderais-tu cet éclat/ Qui te bâillonne ».

---

1. Sur le Tabarin, voir plus haut p. 44.
2. Sur ce qu'est un collage, voir plus haut p. 106.

Les attraits du fantastique

Le fantastique, c'est d'abord l'irruption soudaine, par nature éphémère, d'un merveilleux exceptionnel. Éluard n'utilise le mot qu'une seule fois, sous sa forme d'adjectif qualificatif dans « Feu d'artifice » (p. 106-107) : « La nue fantastique est d'ici ». Cet octosyllabe lui est inspiré par la luxuriance d'une fleur qui éclate en gerbe, comme les fusées d'un artificier. Le ciel – la « nue » – en est illuminé, transfiguré. Mais cette beauté ne provient pas d'un quelconque au-delà : elle est « d'ici ».

À ce fantastique visuel s'ajoute le fantastique du monde onirique. « Les tours d'Éliane » (p. 110-111) en sont à la fois l'illustration et l'expression : le sexe de la femme y devient porte des rêves. L'énigmatique « La femme et son poisson » (p. 52-53) en fournit un autre exemple. Le registre soutenu auquel appartiennent les mots « lustre », « écume » ou « couronne » donne à ce fantasme tout droit sorti de l'inconscient une couleur séduisante (→ PROBLÉMATIQUE 7).

Les vérités de l'art

L'art offre enfin plus de consistance et de vérité que le réel. Avec l'art, tout devient possible et parce que tout est soudain possible tout devient vrai. Ce n'est pas goût du paradoxe, c'est l'affirmation que l'imagination et la subjectivité sont plus fécondes que n'importe quel système rationaliste. Quand Éluard invente « L'arbre-rose » (p. 45) ou la « Plante-aux-oiseaux » (p. 79), il crée une nouvelle réalité. La lecture du poème « Fil et aiguille » (p. 13) fait entrevoir d'autres utilisations de ce matériel de couture que la couture elle-même. Il devient l'équivalent d'un crayon.

Quand ils perdent leurs fonctions pratiques, les objets, même les plus familiers, ne s'appauvrissent pas, ils s'enrichissent de nouvelles significations (→ PROBLÉMATIQUE 11). Ils appartiennent, comme dans « Les amis » (p. 120), à un « peuple dénaturé » qui « perpétue la présence humaine ». Seule est vraie et fiable la subjectivité. Éluard et le surréalisme inversent les relations entre le réel et l'imaginaire au bénéfice de ce dernier.

17 Les animaux : de l'image visuelle à l'image poétique

Ni Éluard ni Man Ray ne sont au sens strict des peintres animaliers. Pour autant, l'un dans ses dessins et l'autre dans ses poèmes les représentent. Tantôt l'image visuelle et l'image poétique leur accordent la même valeur symbolique ; tantôt, au contraire, l'image poétique diverge de l'image visuelle.

DU DESSIN AU POÈME : LA REPRÉSENTATION ANIMALE

La représentation des animaux n'est pas identique chez le dessinateur et chez le poète. Aussi convient-il d'abord de l'examiner séparément chez l'un et chez l'autre.

Les animaux chez Man Ray

Cinq dessins de Man Ray comportent des animaux et un sixième en représente partiellement un. Un poisson figure dans le dessin qui inspire à Éluard le poème de « La femme et son poisson » (p. 52) ; des oiseaux dans celui de la « Plante-aux-oiseaux » (p. 78) ; une araignée pour « L'attente » (p. 93) ; un serpent démesuré pour « Où se fabriquent les crayons » (p. 118) ; un écureuil enfin pour « Les amis » (p. 121). Ajoutons le cas particulier de « Nu » (p. 63) où des ailes masquent les seins d'une jeune femme.

Les animaux chez Éluard

Éluard ne reprend pas à son compte la totalité de cette imagerie animalière. Le serpent disparaît de son poème (p. 119) comme l'écureuil (p. 120), et les oiseaux de la « plante » (p. 79). Mais il conserve l'araignée (p. 92) qu'il fait réapparaître dans « Le château d'If » (p. 96). Il introduit surtout des animaux qui ne figurent pas dans les dessins : des oiseaux dans « L'évidence » (p. 17), dans « Le temps qu'il faisait le 14 mars » (p. 75) ou dans « Paranoïa » (p. 88), et une « hirondelle » surgit dans « Où se fabriquent les crayons » (p. 119). Des poissons peuplent aussi « Paranoïa ». Un fauve se glisse dans « Le désir » (p. 21) et « La peur » (p. 104).

VOIR ET LIRE : UNE MÊME SYMBOLIQUE ANIMALE

L'image visuelle et l'image poétique possèdent parfois la même signification. Tantôt elles procèdent d'un imaginaire commun ; tantôt une opération de transfert renforce leur signification ; tantôt, enfin, les deux images fusionnent en une seule.

S'adressant à un imaginaire commun : le cas de l'araignée

C'est le cas le plus simple. L'image visuelle sollicite le même imaginaire que l'image poétique. L'araignée évoque ainsi depuis le Moyen Âge et, plus encore, depuis le romantisme, au XIXe siècle, la vétusté, l'abandon, la solitude, qu'ils soient affectifs comme dans « L'attente » (p. 92), ou matériels, comme dans « Le château d'If » (p. 96). Dessinateur et poète se rejoignent alors.

Fonctionnant par transfert : de la main au « fauve »

C'est un cas plus subtil. Le dessin du poème « Le désir » (p. 20) ne comporte aucun animal. Une main masculine, anonyme, attire à lui une femme en la tirant en arrière par les cheveux. Éluard ne fait aucune allusion à cette main, mais il fait référence à un fauve cherchant à s'emparer de sa proie. C'est le même sens. Mais le transfert de la main à l'animal le rend en quelque sorte plus « visuel », en tout cas en renforce la violence.

Fusionnant les deux images : de la plante à l'oiseau

Le poème « Plante-aux-oiseaux » (p. 79) ne dit rien des oiseaux, pourtant très présents dans le dessin (p. 78), où la « plante » semble produire des oiseaux, en lieu et place de fleurs. Éluard ne mentionne même pas le nom de l'oiseau. Mais chez lui l'image poétique fusionne ce que le dessin distingue. La plante paraît en effet vouloir se comporter comme un oiseau. Les champs lexicaux mêlent habilement les vocabulaires végétal et aérien. Éluard parle de la « première plume du premier jour clair », évoque « L'élan de la graine de force/ L'élan de l'arbre muet qui tient tête à la terre », comme si la plante voulait à son tour prendre son envol.

LIRE : UNE RECRÉATION DE L'IMAGE ANIMALE

Si l'image poétique et l'image visuelle se confortent l'une l'autre, il arrive toutefois que se produise le phénomène inverse. Les deux images divergent.

Par réinterprétation : les poissons de l'étrange

Le poème « Paranoïa » (p. 88) naît d'une lecture particulière du dessin (p. 89) de Man Ray. Sorte de sirène ou créature extra-terrestre, une femme dont une longue jambe constitue le corps, pose son pied sur ce qui semble être le globe terrestre. Le haut de la partie droite du dessin est rayé de nombreux petits traits. Éluard ne dit rien de la femme, mais concentre son attention sur ces traits, qu'il assimile à des poissons. « Voisins de la terre », ceux-ci paraissent venir d'ailleurs. « Quittons la mer », disent-ils ou se disent-ils. Ces voyageurs en tout cas délirent : ils voient « le fleuve » descendre « comme un œuf » et ils se prennent pour des « oiseaux ». Les poissons sont ici une image du fantastique.

Par substitution d'une image à une autre : l'hirondelle du soir

Le poème « Où se fabriquent les crayons » (p. 119) opère un complet changement d'image. Le dessin (p. 118) capte immédiatement l'attention : un long serpent, forcément inquiétant, le traverse dans presque toute sa largeur. Éluard n'en souffle mot. Il décrit délicatement la dernière virevolte de l'hirondelle à la tombée du crépuscule. L'inquiétude serpentine disparaît au profit de l'apaisement : « Dans la paume du village/Le soir vient manger les graines/Du sommeil animal ».

Un cas particulier : « La femme et son poisson »

Le dessin (p. 52) de Man Ray représente une femme nue allongée, semblant flotter aux côtés d'un poisson de même taille qu'elle et évoluant parallèlement à elle. Le poème (p. 53) est encore plus énigmatique que le dessin. Par son titre d'abord qui, par l'intermédiaire de l'adjectif possessif, établit un rapport de propriété – de parenté ? – entre la femme et le poisson. Ensuite par le corps même du distique, qui n'y fait plus allusion. « La femme et son poisson » deviennent « La vierge et son grillon ». Cette métamorphose peut s'expliquer par une assimilation des nageoires du poisson aux élytres (ailes) du grillon. L'existence d'un insecte, le lépisme, communément appelé « poisson d'argent », facilite cette assimilation. Comme seul le grillon mâle chante, il représenterait, dans cette hypothèse, une entreprise de séduction à laquelle la « vierge » cesse progressivement de s'opposer. L'image poétique atténue ici l'étrangeté du dessin.

18 Les obstacles à la communication

Né de la double libération du langage et de l'inconscient, le surréalisme multiplie toutes les formes de communication : avec autrui, avec l'imaginaire, avec le monde. L'enjeu n'est rien moins que la réconciliation de l'homme avec lui-même et avec la nature. Toutefois, le surréalisme n'ignore pas à quels obstacles son ambition se heurte. Selon *Les Mains libres*, ces obstacles sont de trois sortes : matériels, psychologiques et comportementaux (tout ce qui touche aux tabous).

LES OBSTACLES MATÉRIELS

Les murs et l'argent sont les principaux obstacles matériels.

Les murs, protection illusoire et véritable isolement

Comme le suggèrent le dessin et le poème de « L'arbre-rose » (p. 44-45), l'harmonie et l'ouverture au monde sont une des conditions de l'épanouissement et du bonheur. Tout ce qui les entrave est donc néfaste et, en premier lieu, tout ce qui sépare, cloisonne, isole ou enferme. Entre le désir et sa fixation se dresse ainsi un « mur » ou, ce qui en est la variante inverse, un « ravin » infranchissable (« C'est elle », p. 22). La lectrice est prisonnière d'un « vase de maisons noires » (« La lecture », p. 30). Les « amis » qui le soir venu regagnent leurs chambres respectives sont « séparés par des murs immondes » (p. 120). L'espace idéal des *Mains libres* est un espace ouvert, de plein air et de liberté (→ PROBLÉMATIQUE 5).

L'argent de la propriété

Ces murs impliquent souvent l'argent, qui permet de les édifier. Par conséquent, comme les murs, l'argent isole. Le « Château abandonné » (p. 18) ne l'a pas d'abord été par son propriétaire, mais par « la langue », vecteur de communication s'il en est, puis par les « fenêtres ». L'aristocrate qui ajuste son nœud papillon pose devant son château prison (« Le château d'If », p. 96-97). Les propriétaires des « Tours du silence » (p. 38-39) se confondent avec les pierres et finiront par se minéraliser. Les « mots » deviennent des « chiffres » lors des défilés de haute couture, et cette « clameur d'or » masque la « Collection des bonheurs des goûts et des couleurs » (« La couture », p. 116).

LES OBSTACLES PSYCHOLOGIQUES

Les obstacles matériels ne sont pas seuls en cause dans les difficultés à communiquer. D'autres obstacles plus affectifs interviennent, telles que les émotions négatives et, parfois même, les émotions positives.

Les émotions négatives

Elles ont pour caractéristique principale de parasiter le langage ou d'en réduire les capacités d'expression. Le manque de confiance en soi paralyse le locuteur de « Burlesque » (p. 50-51). Ailleurs, l'angoisse tue progressivement les mots ; sa montée provoque leur raréfaction, la longueur des vers se réduisant jusqu'à devenir monosyllabiques : « Qui peut vivre seul/Sans toi/ Qui/ ». Il ne reste plus dès lors au *je* qu'à se fondre dans « la nuit » (« Solitaire », p. 49).

Cette même réduction du langage à des notations sèches, minimales à leur tour, s'observe dans « La peur » (p. 104) : « Pont brûlé/Bras faible/Bâton brisé ». Dans le cauchemar décrit dans « Rêve » (p. 80), plus aucun moyen de communication ne fonctionne : les « ponts » sont « tordus », « les signaux crevés », il n'y a même plus de livre.

Les émotions positives

Les émotions positives peuvent paradoxalement jouer le même rôle inhibiteur : non par leur nature, mais par leur excès d'intensité. L'émotivité devient alors telle que les phrases ne parviennent pas à s'enchaîner logiquement. Le tercet de « Le désir » (p. 21) se compose de trois groupes nominaux (sans aucun verbe), juxtaposés comme si l'intensité du désir rendait impossible toute formulation plus élaborée : « Jeunesse du fauve/Bonheur en sang/Dans un bassin de lait ». Le distique de « Les tours d'Éliane » (p. 111) est lui aussi formé de deux groupes nominaux. « Païenne éperdue de tendresse », « La Marseillaise » (p. 100) est vouée au silence et ne rencontre que l'indifférence égoïste d'un « menu gibier de prison ».

Quand les émotions submergent le corps et la conscience, les mots restent dans la gorge.

LES OBSTACLES COMPORTEMENTAUX ET RATIONNELS

Il est une dernière catégorie d'obstacles, plus redoutables peut-être que les précédents, parce qu'ils sont anciens et difficiles à lever. Ce sont tous les interdits que, d'une part, la morale et la société ont érigés depuis des siècles et que, d'autre part, la raison et la logique imposent au nom de la rigueur scientifique.

Les interdits sociaux et moraux

Pour Éluard et les surréalistes, la société exerce sur les individus une répression qui, pour n'être pas toujours policière, reste permanente et souvent insidieuse. Les tabous moraux et religieux provoquent des refoulements qui empêchent les individus d'exprimer leurs rêves et leurs tendances profondes.

« L'aventure » invite à cet égard à rompre les « digues » des convenances (p. 33). « Nu » laisse entendre une parole prophétique et révolutionnaire (p. 62) : elle annonce la fin de ce système à la fois hypocrite et répressif. Significativement ce « Nu », promis à une mort prochaine, ne possède pas, parmi ses nombreux atouts, de langue et ne peut donc pas parler (→ PROBLÉMATIQUE 12). Tout aussi significativement, l'éloge que fait Éluard de Sade sort l'écrivain du silence dans lequel les pouvoirs officiels l'ont comme enseveli, après l'avoir, de son vivant, longuement emprisonné.

Les interdits de la rationalité

Pour un surréaliste, raison et logique sont des moyens de connaissance et de communication imparfaits et même mutilants. Ni l'une ni l'autre ne prennent en effet en compte la vie de l'inconscient, qui n'est absurde qu'en apparence, et pas davantage le monde de l'imaginaire. Toutes deux ignorent l'univers des émotions et du désir. Mais comme elles sont universellement admises, elles étouffent en quelque sorte l'individu. À ce titre, comme les tabous moraux et religieux, elles encadrent la communication, comme pour mieux la surveiller ou la censurer. « Oui ou non » (p. 99) en est l'illustration. Les « sœurs » de celle qui s'est décidée à « fil[er] droit/ Sur des routes nouvelles » hésitent à la suivre. C'est que, lorsqu'elle se tait, elles écoutent « Les grandes orgues de la raison ». Sous sa forme pompeuse, très solennelle, l'expression de « grandes orgues » possède une valeur péjorative. La raison n'est qu'un esclavage.

Ce sont tous ces obstacles, variés et anciens, qu'Éluard prétend lever ou du moins sur les dangers desquels il alerte.

19 De la vue à la voix : vers un nouveau lyrisme

La célébration – graphique par Man Ray et poétique par Éluard – de la passion suffirait à faire des *Mains libres* un recueil lyrique. Ce lyrisme est toutefois d'une analyse délicate parce que, s'agissant de la poésie moderne, celui-ci a évolué dans sa forme comme dans sa nature. S'il demeure, le lyrisme traditionnel y est en effet en demi-teinte. Évoluant dans sa nature, il s'identifie à la présence d'une « voix », qui unit le particulier et l'universel.

UN LYRISME TRADITIONNEL EN DEMI-TEINTE

Présente, l'autobiographie reste discrète. Quant aux procédés oratoires du lyrisme, on n'en trouve le plus souvent nulle trace.

Une faible place accordée à l'autobiographie

Les dessins de Man Ray réveillent chez Éluard des souvenirs personnels. « Le mannequin » (p. 57) et « La couture » (p. 116) renvoient à son enfance passée auprès d'une mère couturière ; « Le temps qu'il faisait le 14 mars » (p. 75) évoque son adolescence ; « Où se fabriquent les crayons » (p. 119), à des séjours en Suisse ; « Les amis » (p. 120) à des vacances sur la Côte d'Azur.

Mais ces souvenirs restent peu nombreux. Ils n'exaltent pas un moi à la manière des romantiques du XIXe siècle. Ils ne constituent pas davantage une analyse complaisante de soi. Ils peuvent même se lire et se comprendre sans que l'on ait besoin de se référer à la biographie du poète (→ PROBLÉMATIQUE 20 sur la notion de « journal intime »).

Le refus d'une poésie déclamatoire

Éluard ne reprend pas davantage à son compte les procédés oratoires du lyrisme traditionnel. Il ne recourt ni à l'emphase, ni aux grands mots ni aux effets faciles. Ses vers sont brefs, parfois réduits à un ou deux mots. Son vocabulaire est simple. Partisan d'une esthétique de la brièveté et de la simplicité, il privilégie les notations rapides, mais précises. Possédant les pouvoirs de toute image, les dessins de Man Ray ont un impact immédiat, souvent plus fort que les poèmes, dont l'analyse est forcément plus longue.

UN LYRISME DE LA VOIX

Le lyrisme tend à se confondre avec l'émergence d'une parole qui, dans le cas des *Mains libres,* entretient un véritable dialogue avec l'image.

Voir, parler, lire : les paradoxes des *Mains libres*

La poésie moderne se définit d'abord comme un travail sur le langage, portant sur sa matérialité (la forme, les sonorités des mots), sur le signifiant tout autant que sur le signifié. Toute poésie est donc une manière singulière de dire, propre à chaque poète, de faire entendre une *voix* (un *je*). Peu importe dès lors que ce *je* soit explicitement présent dans le poème. Même quand il n'y est pas expressément, il demeure le support de cette voix.

Tout poème est ainsi un lieu paradoxal : c'est un écrit *lu* (par le lecteur), mais cet écrit est une *voix*. Dans le cas des poèmes des *Mains libres,* le paradoxe est encore plus accentué : ils naissent de la vue (de la contemplation des dessins), ils portent une voix et ils sont lus (par le lecteur).

Le dialogue des mots et des dessins

Le dialogue que le poète entretient avec certains personnages des dessins *illustre* ces rapports de la vue et de la voix. Dans « L'aventure » (p. 33), le poète s'adresse directement à la femme-cariatide comme si elle était un véritable être humain (ainsi que l'indiquent les nombreux impératifs). De la même façon, « Nu » (p. 62) instaure la femme représentée en interlocutrice du poète. Le *tu* apparaît dans « La mort inutile » (p. 65), dans « Plante-aux-oiseaux » (p. 79).

« Brosse à cheveux » (p. 108) introduit à l'inverse un début de conversation entre le dessin et le poème : « L'affiche disait méfiez-vous ». Quand l'apostrophe n'est pas directe, le poète parle des personnages comme s'il s'agissait de tiers : « Ils battent les pierres/Ils voudraient avoir une ombre » (« Les tours du silence », p. 38). Le même phénomène s'observe dans « La plage » (p. 84) : « Tous devaient », « Tous oubliaient ».

Une voix aux multiples intonations

Cette voix en définitive omniprésente joue sur de nombreux registres. L'impatience de « C'est elle » (p. 22) se colore de désespoir dans « Solitaire » (p. 49) ou « L'attente » (p. 92). Elle se fait amusée dans « Burlesque » (p. 50), lyrique dans « L'arbre-rose » (p. 45), philosophe dans « Des nuages dans les mains » (p. 95), faussement protectrice et paternelle dans « L'aventure » (p. 33). Elle peut inquiéter dans « Paranoïa » (p. 88), faire réfléchir dans « Histoire de la science » (p. 83) ou inciter au rêve dans « Les tours d'Éliane » (p. 111). La multiplicité des registres souligne la variété de cette voix.

VOIX PARTICULIÈRE, VOIX UNIVERSELLE

Son omniprésence n'est toutefois ni vanité ni narcissisme (p. 37). Quand elle dit *je* ou *tu*, elle nous englobe. L'intime qu'elle révèle est notre intime. Par lui, cette voix devient celle de l'universel.

Je, tu, nous : de l'intime à notre intime

Rien n'est a priori plus intime qu'un « art d'aimer » (→ PROBLÉMATIQUE 20). Chez Éluard, cet « art d'aimer » n'est pas une confidence personnelle, il est l'expression de l'humain. Parce qu'il touche à l'intime, il concerne chacun. Ne désignant nommément personne le *je* et le *tu* peuvent être repris par qui le souhaite. Le lecteur peut aisément s'identifier à ce *je*. « Ce soleil qui gémit dans mon passé » (« Belle main », p. 69) : ce vers nostalgique des premières amours traduit une expérience qui peut être celle de n'importe qui. Jamais le *je* ne peut être réduit à une seule personne. C'est encore plus vrai dans le cas de poèmes en apparence impersonnels comme « Fil et aiguille » (p. 13), « Désir » (p. 21) « L'espion » (p. 91), ou « Des nuages dans les mains » (p. 95). En le lisant, chacun peut se l'approprier.

FOCUS

LE DIALOGUE LYRIQUE DU POÈTE ET DES AUTRES HOMMES

Longtemps le poète a été considéré comme un être à part. L'Antiquité et la Renaissance le voient comme un être inspiré par les dieux. Au XIXe siècle, Hugo fait de lui un « mage » éclairant et dévoilant l'avenir, et Baudelaire le dépeint en explorateur de l'inconnu.

Éluard et les surréalistes rompent avec cette tradition. Le poète devient un homme parmi les autres hommes. Il apprend de ses semblables les chants de la révolte (contre toutes les formes d'oppression), comme il leur apprend ceux de la beauté et de l'amour. Ce dialogue est donc essentiellement lyrique.

Une voix de l'universel

Cessant de représenter une individualité précise, la voix peut dès lors s'étendre à l'universel. Elle dit les rêves, les désirs et les angoisses de tout un chacun. Elle exalte la « Liberté » (p. 70). Elle explore l'inconnu et elle fait de l'imaginaire une fête. La poésie d'Éluard est à tous ces titres une poésie de l'universel, comme l'art graphique l'est de son côté.

En juin 1936, Éluard débutait l'une de ses conférences par ces mots : « Le temps est venu où tous les poètes ont le droit et le devoir de soutenir qu'ils sont profondément enfoncés dans la vie des autres hommes, dans la vie commune » (*L'Évidence poétique*). Tout le recueil des *Mains libres* témoigne de l'accomplissement de ce « temps ».

20 Une poésie pour vivre

Le surréalisme n'a jamais prétendu être une école littéraire, à la manière par exemple du classicisme au XVIIe siècle ou du romantisme au XIXe siècle. Embrassant tous les domaines, il a d'abord été une manière d'être et de penser. En ce sens il est une éthique. Ne séparant jamais l'art de la vie, il a toujours considéré que l'art était la vie et que la vie était la poésie. *Les Mains libres* en sont l'exemple presque parfait. C'est en effet un recueil aux multiples facettes, qui naît des rencontres qu'Éluard a pu faire, de ses émotions, de ses convictions et de ses réflexions. Aussi est-il tout à la fois un journal intime, un art d'aimer et un manifeste poétique.

UN JOURNAL INTIME

Les Mains libres résonnent d'échos biographiques et livrent, au gré des poèmes, les confidences et les convictions de leur auteur.

Des échos biographiques

Plusieurs dessins de Man Ray réveillent chez Éluard des souvenirs personnels. « Main et fruits » (p. 54), « Le mannequin » (p. 57) ou « La couture » (p. 116) le renvoient à son enfance. Le village d'« Où se fabriquent les crayons » (p. 119) le fait songer à la Suisse où il effectua plusieurs séjours pour raison de santé. Le poème « Les amis » (p. 120) est lié aux différents séjours qu'Éluard et Nusch ont effectués sur la Côte d'Azur en 1936 et 1937 en compagnie de Man Ray et de sa compagne Adrienne, de Picasso et de Dora Maar. De même « Avignon » (p. 87) rappelle la figure de René Char rencontré à plusieurs reprises chez lui, dans le Vaucluse, à L'Isle-sur-la-Sorgue.

Des confidences et des convictions

De poème en poème se dessine en outre la personnalité d'Éluard. L'homme ne cherche pas à dissimuler ses craintes, pas plus qu'il ne cherche d'ailleurs à les enjoliver. C'est un anxieux, qui ne redoute rien tant que l'abandon et la solitude (→ PROBLÉMATIQUE 13). Ses opinions transparaissent. En matière religieuse, c'est un athée, ne croyant en aucun au-delà, comme le suggèrent « La mort inutile » (p. 65) et surtout « Feu d'artifice » (p. 107). Politiquement, fidèle à son engagement communiste, c'est un révolutionnaire en lutte contre la bourgeoisie et les puissances d'argent, comme l'indiquent « La couture » (p. 116) ou « Le château d'If » (p. 96), ainsi que sa réhabilitation du marquis de Sade (p. 125 et 126).

UN « ART D'AIMER »

Les Mains libres sont aussi un « art d'aimer » qui s'inscrit dans une longue tradition, qu'Éluard renouvelle toutefois par son éloge et son analyse de l'érotisme.

Une tradition ancienne des hymnes à l'amour

Les Mains libres s'inscrivent dans une tradition poétique très ancienne : celle des « arts d'aimer ». Déjà, dans l'Antiquité, le poète latin Ovide (43-17 avant notre ère) avait précisément composé un *Art d'aimer* ; et, au XVIe siècle, Ronsard (1524-1585) écrivit des *Amours de Cassandre* (1552), des *Amours d'Hélène* (1578).

La passion amoureuse est le thème central des *Mains libres*. « C'est elle » (p. 22) et « L'attente » (p. 92) vibrent de l'espoir, ici fou, là déçu, de rencontrer la femme aimée. « Solitaire » (p. 49) tremble d'une angoisse rétrospective à la pensée que cette rencontre aurait pu ne pas se produire. « L'évidence » (p. 17) brille à l'inverse du constat que la femme aimée ne pouvait être que celle-là. « Le don » (p. 26) est merveille et extase.

Le recueil dépeint les différentes nuances du sentiment amoureux, jusqu'à l'hésitation, dans « L'aventure » (p. 33), à s'engager dans un nouvel amour, officiel ou officieux.

Un éloge moderne de l'érotisme

Même si cet art d'aimer relève d'une tradition ancienne, Éluard le renouvelle. Il voile d'autant moins l'érotisme qui l'imprègne que les dessins de Man Ray ne se prêtent à aucune ambiguïté hypocrite. Cet érotisme devient, non seulement l'étendard d'une liberté reconquise, mais un chemin de connaissance, une révélation du principe vital et de plaisir qui régit tout l'univers (→ PROBLÉMATIQUE 8). *Les Mains libres* lui confèrent une double dignité, littéraire et philosophique. Dans l'entre-deux-guerres, encore très marqué par un certain puritanisme, cet art d'aimer ne pouvait que faire scandale.

UN MANIFESTE POÉTIQUE

Le recueil peut enfin se lire comme un art poétique, définissant une nouvelle esthétique et constituant une expérience poétique inédite.

Une nouvelle esthétique

Cette esthétique se fonde d'abord sur un rejet, propre à vrai dire à tout le surréalisme : celui de l'art qui n'ambitionnerait que de copier le réel et qui se plierait aux injonctions ou pressions d'un quelconque ordre moral. « Nu » (p. 62) est une condamnation de l'art néoclassique. « Le tournant » (p. 61) est une proclamation d'indépendance et de liberté absolue (→ PROBLÉMATIQUE 12). Aussi ce rejet se double-t-il d'une aspiration à une nouveauté radicale. Le poète s'affirme libre d'assembler « tous les paysages » (« Objets », p. 29) à son gré, il réhabilite l'imaginaire, explore les régions obscures des rêves et de l'inconscient (→ PROBLÉMATIQUE 13).

Ainsi conçue, l'esthétique devient inséparable de l'éthique : elle se confond avec un art de vivre, cherchant par le truchement de la poésie à réconcilier l'individu avec lui-même et avec le monde.

Une expérience poétique inédite

Les Mains libres se distinguent toutefois des précédents recueils d'Éluard et même des recueils d'autres surréalistes par son ambition initiale de réaliser la fusion des arts pictural et poétique. Comment les mots peuvent-ils *illustrer* des dessins ? Comment le langage poétique peut-il à son tour se faire peintre ou dessinateur ?

En effet, à l'époque d'Éluard – et plus encore à la nôtre –, l'image (le dessin) semble souvent tellement plus évocatrice, plus suggestive, que la tentative de l'illustrer par des mots semble une gageure. C'est pourtant cette gageure que le poète relève et dont il triomphe. Par la musique des mots, par leur puissance de stimulation de l'imaginaire, par les correspondances ou les équivalents qu'ils peuvent établir entre une impression visuelle et les autres sens (le goût, l'odorat, le toucher, l'ouïe) ou un état d'âme, l'acte de dire rejoint celui de peindre ou de dessiner (→ PROBLÉMATIQUE 12). *Les Mains libres* sont à ce titre un recueil de poésie expérimentale.

PAPIER À BASE DE FIBRES CERTIFIÉES

Hatier s'engage pour l'environnement en réduisant l'empreinte carbone de ses livres. Celle de cet exemplaire est de : 350 g éq. CO_2
Rendez-vous sur www.hatier-durable.fr

Maquette : Tout pour plaire
Mise en page : Christelle Defretin
Édition : Luce Camus

Achevé d'imprimer en France par CPI Bussière
à Saint-Amand-Montrond (Cher).
Dépôt légal : 96909-6/01 – août 2013. N° d'imp. : 2004396.